Jakob Larsson

Fyra rysliga berättelser

Från Öland till Norrland

Foto: K. Larsson ©
Förlag: BoD – Books on Demand, Stockholm, Sverige
Tryck: BoD – Books on Demand, Norderstedt, Tyskland

ISBN: 978-91-7969-786-0

FÖRORD

Att skriva noveller är lätt, att skriva förord är svårt. För när jag skriver mina noveller så vet jag alltid på förhand hur den skall börja och hur den skall sluta. Men när jag satte mig ned för att skriva detta så visste jag inte riktigt hur jag skulle börja eller sluta. Så det får bli som det blir.

Jag börjar väl med att presentera mig själv. Jag heter Jakob Larsson och när jag skriver det här så är jag 39 år gammal. När jag säger skriver så menar jag dikterar för min pappa som skriver ned vad jag berättar. Anledningen är att jag har dyslexi, men jag har alltid gillat att hitta på historier och skapa fantasivärldar. Visst har det varit svårt för mig i skolan, men på grund av föräldrar som alltid har haft kraften och tiden för att kämpa för mig så har jag lyckats att komma långt i livet. Till och med att kunna ta en filosofie magister i sociologi på Linneuniversitet i Kalmar.

Anledningen till att jag berättar det här är varken att jag vill slå mig för bröstet och säga hur bra jag är eller få det att låta som att jag har haft det särskilt svårt. Jag kanske har haft det svårt men med hjälp av föräldrar och fantastiskt stöd från skolan har jag klarat mig bra och aldrig känt mig speciellt utsatt.

Jag har under åren av och till dikterat kortare historier för min pappa eller för personal i skolan. När jag blev äldre så har skrivandet kommit och gått, men jag har alltid hittat på historier för mig själv på lediga stunder. De fyra historier som Ni kan läsa här nedan är alla skrivna under de senaste tio åren.

I början av februari år 2020 startade jag en World Press blogg där jag lade ut de flesta av novellerna jag har skrivit och ett försök till en fantasy roman. Även om jag inte fick speciellt många besökare på bloggen blev jag glad varje gång jag gick till statistiksidan och såg att någon hade varit inne och läst. Adressen till bloggen är jakobsberattelser.com

Jag tänkte här sist i mitt förord bara lite kort tala om var och en av de fyra noveller som jag har valt ut och varför jag har valt just dessa.

Den första novellen heter "Morbror Augusts tumme". Det är ingen av mina personliga favoriter men den har en speciell plats i mitt hjärta på grund av att när den spelades upp i Creepy Podden avsnitt 110 så hade jag väl mer eller mindre bestämt mig för att sluta försöka bli publicerad som författare. Men då jag hörde den jättebra inläsningen så beslöt jag mig ändå att försöka nå ut med mitt skrivande. Så "Morbror Augusts tumme" är kanske den viktigaste berättelsen av de fyra.

Den andra heter "Framtiden började i går" och är ett försök att skapa en egen skräckmytologi. Jag vill naturligtvis inte jämföra mig med H.P Lovecraft, men den värld han skapade är nog den enskilt största inspirationskällan för mig. Oavsett vad man tycker om hans person eller hans skrivande så är han definitivt en av de viktigaste författarna inom skräckgenren. Min berättelse är skriven i en mer modern stil men någon tycker kanske att det är intressant att få veta vad som har inspirerat mig.

Den tredje novellen "Tillflyktsorten" är en fristående fortsättning på "Framtiden började igår" och min personliga favorit av de fyra. Jag har faktiskt inte mycket att säga om den utan att avslöja för mycket av vad jag tänkte då jag skrev den. Min åsikt är att en av de bästa sakerna med skräck, är att man kan dra sina egna slutsatser och hitta på sina egna förklaringar. Jag tycker inte om när författaren skall förklara allt, så länge läsaren förstår vad som händer i historien så kan man lämna ganska mycket öppet.

Den sista novellen "Hallå är någon där?" är mitt försök att skriva en traditionell lägerelds-rysare. Med våra moderna ögon kanske den inte verkar speciellt skrämmande, men den är min kärleksförklaring till den typen av spökhistoria som knappast finns kvar längre.

Jag kommer också att lägga ut den här boken som en e-bok. Kom gärna med kommentarer, både positiva och negativa.

MORBROR AUGUSTS TUMME

*Följande är ett utdrag ur ett manuskript som jag hittade i kvarlåtenskapen
efter en avliden släkting.*
*Jag har bara ändrat namnen på personerna för att slippa dra in min släkt i
denna besynnerliga historia.*

När jag skriver detta vet jag inte vem jag skriver för, inte heller vet jag
om någon är intresserad av att läsa vad jag har att berätta. Jag skulle
inte kunna tänka vem som skulle kunna vilja läsa denna redogörelse
om en av mina nu avlidna släktingar. Den enda anledningen jag kan
komma på till att jag skriver ned detta är att jag för mig själv måste få
ett avslut på de otäcka tankar som har förföljt mig under alla dessa år.
Ända sedan jag fick veta vad som hände med farbror Augusts tumme.
Lyckligtvis har jag under mitt liv inte haft många anledningar att sörja
förutom sådant som alla går igenom, som att förlora gamla släktingar
och föräldrar. Men det där med tummen är något som har förföljt mig
under nästan fyrtio år.

August hade alltid varit familjens svarta får. Detta började redan när
han som 18-åring vid tiden för första världskriget avtjänade tid för
vapenvägran. Hans far var storbonden och högermannen Hjalmar
Österlund och var därför en viktig man i bygden. Sonens vapenvägran
tog han som en djup personlig förolämpning och därför talade han inte
med sin son på tre år. Som barn hörde jag de vuxna halvt på skämt och
halvt på allvar säga att det var Augusts livsstil som ledde fram till
Hjalmars slaganfall som tog livet av honom. Men när kriget var över
och Augusts fängelsetid var över, så var tanken att han skulle åka till
Paris för att studera. Men så mycket studerande blev det nog inte,
snarare tillbringade den unge mannen den mesta tiden på stadens
kaféer och restauranger. När pengarna från Sverige var slut så
försörjde han sig som kabaréartist. Han var en god sångare och kunde
även vara en god historieberättare. Det ryktades också om att han
under en tid hade varit hemligt gift med en svart jazzsångerska, men
med min morbror August kunde man aldrig så noga veta vad som var
sanning och vad som var påhitt. Framför allt för att han själv gillade

bilden av sig själv som en äventyrare och slarver. Efter faderns död trodde släkten att han skulle sälja gården för att kunna ha råd att fortsätta sitt bohemliv. Men August som alltid gillade att överraska och chockera folk, valde att flytta tillbaka till Öland och fädernegården. Han drev gården med framgång ända fram till sin död.

Förutom att han var familjens vildhjärna var morbror August känd för en sak och det var hans årliga trettondags middagar, som han anordnade för hela släkten. Middagarna lagade han med en grupp män som han kallade för sina kompanjoner. Jag tror inte att någon i familjen någonsin fick veta om de hade några affärer tillsammans eller om de bara kallade sig kompanjoner som ett slags internt skämt. Trots att lantbruket gick bra verkade det alltid som August hade mer pengar än vad gården kunde ge. Kompanjonerna var en grupp på tio tystlåtna män i Augusts ålder. De gjorde inte mycket väsen av sig och jag kan inte minnas att de åt med familjemedlemmarna. Varje år verkade det som någon av kompanjonerna hade varit med om en olycka som till exempel hade blivit av med en bit av ett finger eller ett öra. Men om detta faktum någon gång kom på tal, så skämtade morbror August alltid bort det genom att med högtidlig röst säga "Gud skapade man och kvinna att vara tillsammans, inte för att fortplanta sig, ack nej, utan för att mannen är så klumpig och om han inte har en kvinna att ta hand om honom så vet man aldrig hur han kan drulla till det" Om någon skulle påpeka att han själv inte hade någon kvinna så log han bara och sa att han fick väl passa sig då.

Så fort som alla gäster hade kommit, låste August och kompanjonerna in sig i köket och kom inte ut, utom för att servera de olika rätterna. Att säga att de var några mästerkockar skulle ha varit en överdrift. Snarare så var de nog trägna amatörer som lyckats nå en viss skicklighet på grund av många misslyckanden. Men anledningen till att så många i familjen dök upp varje år och hade sådan stor förväntan var efterättssoppan. Det var samma soppa varje år, en grönsakssoppa. För mina eventuella läsare kanske detta inte låter så imponerande. Jag kan inte beskriva smaken men den hade något väldigt extra. Jag kan nog säga att jag aldrig har ätit något godare. Det kanske också låter märkligt att ha grönsakssoppa som efterrätt men detta var typiskt för min morbror och på grund av hans excentricitet var ingen egentligen

5

förvånad. Många av de matintresserade i släkten har försökt att rekonstruera Augusts soppa, men ingen har så vitt jag vet lyckats, och detta är jag glad för.

Varför har jag berättat allt detta? Jo, för nu kommer jag att berätta om sista gången som jag var på morbror Augusts trettondagsmiddag då jag var 21 år gammal. Något som var ovanligt var att när morbror August välkomnade oss märkte vi att han hade ett stort bandage om sin högra hand.

När vi frågade honom om detta sade han med samma högtidliga röst som han hade använt när han tidigare år talat om sina kompanjoners lyten.

"Ja se, framför er står en man som trodde att han var sig själv nog och kunde undvika sina kompanjoners sorgliga missöden. Men ack nu har Herren visat mig hur fel jag hade,"
Sedan skrattade han högt och bullrande. Även om det han hade sagt inte var speciellt kul, var ändå hans skratt så pass smittande att de flesta av oss släktingar föll in i skrattet.
Middagen var likadan som under alla tidigare år. Samma gamla släktingar som inte hade träffats under det senaste året. Samma gamla prat som vanligt om vad man hade gjort under det gångna året, familjen, arbete eller studier.
Innan efterrättssoppan behövde jag gå på toaletten. I korridoren där toaletten låg var lampan trasig och det var därför jag gick fel. När jag tände ljuset så såg jag att jag hade kommit in i ett rum som var helt kalt, men på väggarna hängde en rad tavlor och det var motiven på dessa tavlor som fick mig att med en gång springande ge mig av från familjegården och lämna middagen utan att säga hej då.

Många av släktingarna undrade varför jag aldrig mer dök upp på morbror Augusts middagar, men aldrig August själv. Jag tror att han vet eller i alla fall kan gissa sig till varför jag inte kommer. Men till dig min okända läsare kan jag berätta sanningen. På var och en av fotografierna fanns en av kompanjonerna i färd med att lägga en av sina egna kroppsdelar i den stora grytan som efterrättssoppan serverades ur. På den sista bilden sågs morbror August som höll sin avhuggna högertumme över grytan.

FRAMTIDEN BÖRJADE IGÅR

Joakim vaknade med ett ryck av mobiltelefonens pipande. Han ryckte till sig telefonen. Det var ett SMS som hade kommit och inte väckarklockan som ringde. Klockan var bara lite över halv sex. Han kunde ha sovit i minst en halvtimme till. Även om han inte längre hade något jobb att gå till så ställde han ändå mobilens väckning mellan kvart över sju till fem över sju varje vardag. När den första irritationen över att ha blivit väckt för tidigt hade lagt sig, började han fundera över vem som skulle vilja SMSa honom. Personerna som hade hans nummer kunde han räkna på ena handens fingrar och ingen av dem trodde han att var så hänsynslös att de skulle riskera att väcka honom genom att sända ett SMS så här pass tidigt.

Nu var hans nyfikenhet väckt och han öppnade det utan att titta på avsändaren. Det enda som stod i det var "FRAMTIDEN BÖRJADE IGÅR" med versaler. Med ett belåtet leende lade han ifrån sig mobilen på sin mage. Han knäppte händerna bakom nacken och tittade upp i det äggvita taket. Han struntade i mobilens väckningssignal, så den gick till snooze två gånger innan han irriterat stängde av den. Sedan låg han bara på sängen i ytterligare en och en halv timme innan han reste sig upp. Han tog på de knälånga shortsen och den helvita tröjan utan tryck som han hade slängt på golvet kvällen innan. Han gick ut i köket och öppnade kylen och tog fram ost och smör, gick fram till skafferiet och tog fram brödet och bredde sig ett par rejäla mackor och skar ett par tjocka ostskivor som pålägg.

Efter frukosten fick han ett plötsligt påslag av energi, så han tog sig inte tid att brygga något kaffe utan tog istället några klunkar ur en oöppnad tvålitersförpackning mjölk som stod i kylen. Sedan slängde han tillbaka mjölkpaketet i kylen, tog med sig mackorna men glömde att ställa tillbaka osten och smöret. Han hade blivit så ivrig att han inte ens tog sig tid att ta på sig skor, utan stoppade i stället fötterna i ett par foppatofflor som han brukade ha ute i trädgården när han räfsade löv eller klippte gräs allt beroende på årstiden.

För drygt två år sedan hade han sålt sin bostadsrätt på Varvsholmen i Kalmar och flyttat ut till föräldrarnas gamla sommarstuga som låg ungefär två mil utanför Färjestaden på Öland. Som barn hade han vantrivts i stugan som hade legat precis så långt borta från allt, att man som barn kände sig helt isolerad. Men nu passade stugan honom perfekt. Nu hade det nästan blivit tvärtom, isoleringen kändes som en trygghet och staden Kalmar som ett hot. Trots att det var mitt i sommaren, två veckor efter midsommar, var det ändå tämligen lugnt på de öländska vägarna. På grund av den tidiga timmen var det helt öde på de små öländska vägarna han använde sig av. Via dessa småvägar kom han in till Borgholm via Köpingsvik. Han körde ned och parkerade bilen vid den stora parkeringen vid busshållplatsen. Där lyckades han hitta en ensam parkeringsruta som inte var upptagen.

Så fort han hade stängt av bilmotorn försvann all energi som han tidigare hade haft. Han började svettas och skaka så han fick sitta stilla en stund för att besvären skulle avta. En hjärnskrynklare skulle antagligen ha kallat det för en social fobi eller något liknade. Men Joakim visste bättre. Det var inte en fobi om man visste att folk var farliga. Om man visste att man hade rätt i att vara rädd. Han kunde inte säga var rädslan hade kommit ifrån. Men han kunde dra sig till minnes när det hade börjat.

Det var en vardag då han precis hade kommit hem från jobbet. Han hade satt sig i soffan för att se något strunt på TV, han kunde inte minnas vad. Den första människan han såg på TV var en kvinna som hade skrivit en korkad självhjälpsbok och blev intervjuad i ett soffprogram. Han såg det så tydligt i både intervjuaren och den intervjuades ögon. Ondskan som lyste ur dem. Med ett skrik bytte han snabbt program. Han mindes inte vad det var för något program men kan kunde också se hur ondskan lyste ur ögonen på dessa personer. Med ytterligare ett skrik som nu närmade sig falsett, kastade han sig i soffan och gömde huvudet under en av kuddarna. På det sättet låg han i flera timmar tills det mörknade ute och blev kolmörkt. Utan att titta på tv:n plockade han upp fjärrkontrollen från golvet där den hade hamnat. Han stängde av tv:n och satt och stirrade rakt fram tills det blev morgon igen. Han ringde till jobbet och sjukskrev sig. Bosse som svarade lät orolig. Alla på jobbet inklusive chefen gillade honom, så han behövde inte skaffa något läkarintyg eller något sådant trams. Han ägnade de två kommande dagarna åt att gömma sig bakom gardinerna och iaktta personerna som passerade på gatan utanför. Till en början verkade de vara precis som vanligt. Men efter hand kunde han känna strålningen från dem som gick där utanför. De var onda. Han behövde inte längre se deras ögon för att inse detta. Först gjorde det honom helt panikslagen, men snart fyllde det honom med en känsla av överlägsenhet. Han visste deras hemligheter, men det verkade inte som någon av dem kunde känna att han visste om deras hemlighet.

Han kom inte ihåg att han hade ätit men på den tredje dagens morgon märkte han att kylskåpet var helt tomt. Han förstod att han måste ge sig ut. Han tog fram en stor köttkniv ur en av kökslådorna. Efter en stunds tvekan tog han sin favoritjacka och körde in kniven i fodret på den högra sidan. Sedan tog han en av de hopvikta kassarna ur den nedersta kökslådan och gick ut.

Flera gånger, redan i trappan ned till gatan, höll han på att vända om och springa tillbaka. Men han tvingade sig själv att fortsätta. Han kunde inte komma ihåg hur han tog sig till mataffären eller hur han tog sig tillbaka, men när han väl var hemma i lägenheten och hade låst dörren bakom sig kände han en stor triumf. Vad han hade märkt, hade inte någon reagerat. Konstigt, varken på hans väg till eller ifrån affären eller då han handlade i den. Det verkade som han hade haft rätt i sin teori att de onda inte kunde märka att han visste vilka de var.

Han började bli allt mer modig allt eftersom tiden gick. Han kunde gå längre och längre promenader under dagarna. Även om han undvek sena eftermiddagar och kvällar, då det var som mest med folk ute. Han märkte snart vilka de onda var. Eller än viktigare han kunde se vilka som inte var det. De onda var de vuxna, men alla barn verkade helt oskyldiga. Det var som ett ont trollspö hade viftats över alla då de kom upp i ungefär tjugoårsåldern. I alla fall trodde Joakim att det var så det förhöll sig, ända fram till den dag då han träffade Den Tjocka Damen.

För första gången efter hans upptäckt hade han vågat sig in i centrala Kalmar trots att han bodde ute på Varvsholmen så hade han aldrig vågat gå den korta promenaden in till centrum tills nu. Det var drygt en vecka efter han hade haft sin skrämmande insikt. Jobbet hade ringt ett par gånger men han hade sagt att han hade varit med om en olycka och kanske skulle vara borta ytterligare en vecka. Som tur var, var det en vikarie som svarade och hon verkade inte vilja slösa tid på att kolla vad han hade sagt tidigare. Det blev bara två korta samtal. När han gick genom staden var känslan av panik och ångest nästan överväldigande trots det inte var speciellt mycket folk ute. Det var i mitten av oktober och vinden från Kalmarsund låg som vanligt på hårt mot staden. När det dessutom började regna blev gatorna så gott som folktomma. Joakim hade precis bestämt sig för att gå hemåt igen. Inget skulle bli bättre av att han drog på sig en förkylning. Då hörde han en hög harkling bakom sig. I övertygelsen om att han hade blivit upptäckt stoppade han in handen i jackan där han hade sin kniv och snurrade blixtsnabbt runt. Den som hade harklat sig var en enormt tjock kvinna som stod och höll upp ett paraply som var stort som ett mindre parasoll. Trots det blev hon blöt av regnet. Det som chockade Joakim var att hon inte strålade av någon ondska. Precis som barnen utstrålade hon ingenting. Han hade trott att han var den ende som på något sätt hade undvikit att förvandlas. Hon sa inget men log vänligt mot Joakim. Detta fyllde honom med en enorm känsla av lättnad och tillhörighet. Känslan av att inte vara ensam. De stod så under kanske en halv minut sedan nickande kvinnan mot porten till ett gammalt hyreshus som kanske låg tio meter ifrån dem. Joakim nickade, han misstänkte att han hade ett fånigt flin på sina läppar men det brydde han sig inte alls om. Kvinnan gick först och öppnade porten. För i detta hus var det fortfarande så att man behövde slå en portkod och inte använda en tagg som på de flesta andra hyreshusen i Kalmar. Kvinnan hälsade vänligt på en granne som de mötte i trappan, samtidigt som Joakim tryckte sig mot ledstången då hon passerade. Naturligtvis hade denna kvinna samma fruktansvärda utstrålning som alla andra. När de kom upp fyra trappor stannade Den Tjocka Damen och plockade fram en tung nyckelknippa ur sin handväska. När de passerade in kikade Joakim på namnskylten, D Johannesson stod det. Kvinna låste dörren bakom dem med dubbla slag och gjorde en gest in mot vardagsrummet. Joakim nickade och gick in, efter att ha hängt av sig sin jacka. Av någon anledning kände han sig helt trygg i kvinnans närvaro. Det kändes som all oro och ångest han hade känt den gångna veckan bara rann av honom. Och att han och kvinnan förstod varandra trots att de inte sagt ett enda ord hittills. Han gick in i vardagsrummet och satte sig i soffan. Vardagsrummet var spartanskt inrett. Förutom soffan och ett soffbord fanns en stor widescreen tv som stod på en liten bänk vid den motsatta väggen. På högra sidan om tv:n stod en bokhylla med blue-rayskivor, dvd men också ett par gamla VHS-kassetter. Joakim gjorde stora ögon när han bland VHS-kassetterna såg

ett exemplar av Mikael Fransens film från 1934 "Den blå sjöns strand".
Filmen hade blivit förbjuden i hela Europa bara ett par dagar efter den
hade haft sin premiär i Stockholm. En film så ökänd att de flesta bara
hade hört talas om den i viskningar.

Joakim kunde efter ett par minuter känna doften av kaffe från köket
och efter ytterligare någon minut kom kvinnan ut bärande på en stor
bricka. På brickan stod en kaffekanna, två koppar en liten kanna med
mjölk och en skål fylld med socker.

Hon satte ned brickan på bordet framför Joakim och gjorde en vänlig
gest till honom, som ett tecken på att han kunde ta för sig. Utan att
tveka fyllde han en av kopparna nästan till bredden med ångande
kaffe och hällde därefter upp kaffe i den andra koppen. Kvinnan log
och gjorde en avvärjande gest då koppen var ungefär halvfull. Hon tog
mjölkkannan och hällde i ytterligare en tredjedel mjölk. De satt båda
tysta och bara drack kaffet. Joakim kände för första gången på flera
dagar hur spänd han hade varit. Men nu behövda han inte oroa sig
längre. Han kunde slappna av. Han lutade sig tillbaka mot soffans
ryggstöd som var förvånansvärt mjukt, så han sjönk in flera centimeter
innan det tog stopp. Kvinna tittade på honom med vänliga blå ögon,
men runt munnen fanns ett allvarligt nästan sorgset drag. Joakims
ögonlock började klippa och han gäspade. Han satte handen med en
mumlande ursäkt framför munnen för att dölja nästa gäspning, som
kom bara några sekunder efter den första. Det gör inget sa kvinnan
med viskande men tydlig röst. Joakim kände hur han blev tröttare och
tröttare.

"Du kan lägga dig ned och vila. Du behöver det!" sa kvinnan. "Jag
har varit med om samma sak som du. Uppvaknandet. Att förstå
sanningen."

Joakim lade sig på sidan på soffan och lade en av soffkuddarna under
sitt huvud. När han hade lagt sig till rätta, reste sig kvinnan och satte
sig på huk vid huvudändan så att deras ögon hamnade i samma nivå.
Hon satt en stund och bara iakttog honom. Precis innan han somnade
tog hon till orda och sa:

"Du får somna nu, men innan du gör det måste jag säga en sak till
dig. Oavsett vad som kommer att hända och oavsett vad du kommer
att göra är det mycket viktigt att du kommer ihåg att du är en
Oskyldig. Du har ingen skuld i det som har hänt."

Hon sträckte ut handen och strök försiktigt bort en hårslinga från
Joakims ansikte.

"Jag är en Oskyldig" tänkte Joakim och somnade på den okända damens soffa.

Under de kommande veckorna träffades Joakim och damen så gott som dagligen. Alltid hemma hos henne. Hon verkade inte ha något intresse av att veta var han bodde och trots att Joakim litade fullständigt på henne så var det skönt att ha sin hemadress för sig själv. Han antog att det handlade om att han hade en vilja att behålla något privat. Hans stora integritet var både något som var en fördel men som också hade lett till att han hade haft problem med relationer till andra människor. Om han skulle vara helt ärlig mot sig själv så hade han nog inga riktiga vänner. Det närmaste var nog kamraterna på jobbet. Men å andra sidan hade han aldrig känt av att det var något som han hade lidit av. Han kallade henne bara för "Den Tjocka Damen". Men "tjock" använde han förstås bara i sitt eget huvud. När han hade frågat henne om namnskylten hade hon bara skrattat och sagt:
"Nej det är inte mitt riktiga namn."
Han hade inte frågat något mera, han tänkte att även hon precis som han själv, ville hålla några saker för sig själv. Nästan från början började de prata som två gamla vänner, som hade känt varandra under hela livet. Han berättade om föräldrarnas död i en bilolycka ett par år tidigare. Och för första gången kändes det som han kunde gråta ut ordentligt. Kvinnan tog honom i sina armar och höll om honom som om han var ett litet barn, Det kändes väldigt skönt. Som om han hade hittat hem på något sätt. Som han äntligen hade fått den närhet till en annan människa som han inte hade vetat om att han kunde få eller hade behövt.

Det viktigaste som Den Tjocka Damen kunde bidra med var en förklaring till vad som hade hänt. Hon gjorde det så fort Joakim hade vaknat, efter att ha somnat i hennes soffa den där första gången. Han satte sig upp en aning generat och torkade sömnen ur sina ögon. Han öppnade munnen för att be om ursäkt, men hon satte bara ett finger framför sina läppar och visade att det var onödigt. Sedan började hon tala.
"Jag förstår att det här har varit svårt för dig. Det var likadant för mig. Vi är två av de ytterst få som har lyckats att undvika."

Hon tystnade en stund och hennes panna rynkades då hon letade efter de rätta orden.

Efter en liten stund sprack hennes ansikte upp i ett stort leende och hon sa:

"Ja, det är som vi aldrig blev riktigt vuxna. I och med det så kunde vi se saker som alla andra är blinda för. Som barn vill man inte inse sanningen, att de som står oss närmast, kanske är de som är allra farligast för oss. Som vuxen har man blivit så van vid att inte se, så man har blivit totalt blind. Det finns ett fåtal som får sina ögon öppnade och kan se saker som de verkligen är"

När hon hade sagt det sista gick det upp som ett ljus för Joakim. Naturligtvis! Så måste det vara! Hur skulle man annars kunna förklara all grymhet, allt våld och alla övergrepp som sker. Inte bara här i min hemstad utan också i hela Sverige, ja i hela världen. Om inte att vara vuxen är som en slags sjukdom, Ett patologiskt tillstånd som ligger dolt i våra gener.

Visst kunde barn och ungdomar göra fruktansvärda saker. Men då var det bara för att de hade sett hur grymma och hänsynslösa vuxna kunde vara. Barn var i grunden oskyldiga och vuxna var alla potentiella brottslingar.

När denna fruktansvärda sanning gick upp för Joakim, började han gråta. Men mest av lättnad. Att få en förklaring till vad som hade hänt honom. För första gången kände han faktiskt en glädje över att hans föräldrar var döda och att han inte behövde få veta om de också hade drabbats av smittan, som att bli vuxen innebar. Den Tjocka Damen gick fram och satte sig bredvid honom i soffan och lade sin arm runt honom och drog honom till sig. Hon sa inget men med sin tysta närvaro överförde hon tröst och styrka till honom.

Denna natt sov Joakim på Den Tjocka Damens soffa. På morgonen vaknade han till doften av nyrostat bröd. Han och damen spenderade mer och mer tid tillsammans. Hon hade sagt att det fanns flera som de. Men om Joakim frågade om att få träffa någon av dem så log hon bara och ruskade på huvudet.

"Vi är alla mycket privata personer" sa hon i ett lugnt tonfall och "om en av oss skulle bli avslöjad är det lika bra att den inte kan avslöja alltför många av oss andra".

Det lät ju klokt så Joakim tjatade inte mer om det. Det fanns fortfarande något som han hade tänkt på och som gnagde i hans medvetande så en dag frågade han rakt ut.

"Vet de själva om vad de är? Och varför låtsas de i så fall vara vanliga hyggliga människor?"

Damen rynkade pannan och var tyst en god stund innan hon började prata.

"Jag tror faktiskt att de flesta vet om sanningen men att de döljer den för sig själva."

"Men varför?" frågade han. "Varför lever de bara inte ut sin natur?" Hon lade sina svala händer över hans händer som nu var svettiga och tittade rakt in hans ögon med sina vänlig blå ögon.

"Jag tror inte att de alltid har varit i sådan överväldigande majoritet som de är nu."

"Min teori är att vi en gång var i majoritet. Det skådespel som de nu håller på med har blivit en del av deras natur. Det är därför de håller på att låtsas som de gör."

"Jag tror också att det är därför vi har fått vår förmåga att kunna se dem. En naturlig utveckling till vårt försvar. Som en huggorms gift eller en igelkotts taggar."

Joakim sa upp sig från sitt jobb. Han avböjde allt avtackande, men Bosse kom över och överlämnade en guldklocka till honom som alla på jobbet hade samlat ihop pengar till. Joakim var själv förvånad hur bra skådespelare han hade blivit. Det enda han ville var att ta en hammare ur sin verktygslåda och slå Bosse rak i hans hycklande och oroliga ansikte. Men i stället bjöd han den andre mannen på en kopp kaffe och försäkrade honom att han bara behövde pröva på något nytt medan han fortfarande hade tid. Bosse som hade jobbat på samma arbetsplats i tjugo år verkade inte förstå, men hummade och nickade medan Joakim förklarade.

Bara ett par dagar senare satte han ut sin lägenhet till försäljning på Blocket. På grund av att hans lägenhet hade ett så pass bra läge såldes den på bara en vecka och han fick ett lite bättre pris än det som han hade hoppats på. Under tiden hade han flyttat ut sina möbler och allt annat bohag till sina föräldrars sommarstuga på Öland. Pengar var än så länge inte något problem. Förutom att han själv hade varit sparsam hade han ärvt nästan en halv miljon av föräldrarna från bland annat försäljningen av deras hus. Så han behövde inte tänka på pengar då han funderade på vad hans nästa steg skulle bli. Tanken på att gå tillbaka till någon sorts normalitet kändes nu outhärdlig. När han själv tänkte på saken blev han förvånad över hur lätt han hade kommit in i sin nya roll. Att spela okunnig var något som kom naturligt för honom.

De enda personer som han träffade förutom då han handlade mat var förstås Den Tjocka Damen. De talade inte speciellt mycket, de höll mest varandra sällskap. De såg också på den ökända filmen "Vid den blå sjöns strand". Joakim hade faktiskt sett den en gång tidigare men då blivit besviken. I de tidiga tonåren hade han en kompis vars syster hade en stor samling skräckfilmer. Joakim, kompisen och ett par andra grabbar brukade tjuvtitta på systerns filmer då hon inte var hemma. De hade naturligtvis hört talats om att "Vid den blå sjöns strand" hade blivit totalförbjuden i hela Europa och bara ett par exemplar hade överlevt. Så det var med stor förväntan de satte in VHS-kassetten och startade filmen. Men som sagt de blev alla besvikna. Filmen visade sig vara tam och mesig i deras oskyldiga barnaögon, i jämförelse med alla andra skräckfilmer de hade sett. Nu efter uppvaknandet kunde han förstå varför den hade blivit förbjuden. Det var en lätt förklädd allegori över vuxenvärldens ondska. Joakim var förvånad över att det fanns några exemplar kvar av filmen överhuvud tagit. Men Den Tjocka Damen förklarade att de hade hållit den gömd av andra som de. Med förhoppningen att de kanske kunna väcka upp fler människor.

Även om Den Tjocka Damen hade sagt att de andra Vakna brukade hålla sig mest för sig själv eller i små grupper så träffade Joakim en av de andra. Han fick inte heller något namn på denna person men han kallade honom för Engelsmannen. Men Joakim visste inte om han var en riktig engelsman, men han var lång och blek och hade ett tillbakadraget och distingerat sätt, som på något sätt stämde bra med Joakims idéer om hur engelska personer var. Dessutom talade han med accent, så Joakim kallade honom för Engelsmannen då han tänkte på honom.

Första gången de träffades var hemma hos Den Tjocka Damen. Hon hade inte förvarnat Joakim på något sätt. Hon hade fått Joakims mobilnummer så hon kunde ha ringt eller sagt något när hon öppnade dörren. Det gjorde hon inte och Joakim blev både överraskad och en aning skrämd då han såg att det satt en man på den yttersta kanten på soffan. När mannen fick syn på Joakim sa han inget men gav honom ett leende som nog var avsett att verka vänligt och gjorde en gest för att visa på platsen bredvid sig i soffan.

Engelsmannen frågade aldrig efter Joakims namn och sa heller aldrig sitt eget. Han kom bara med korta inlägg då och då. Det var vid det här tillfället som Joakims frustration började göra sig gällande. Allt de gjorde var ju bara att sitta och prata. De hade kännedom om den fruktansvärda sanningen och allt de gjorde var att sitta och prata och inte ens prata om något viktigt. När han gick hade han beslutat sig. Han måste göra något. Vad som helst.

Joakim rycktes ur sina minnen. Först kom han inte ihåg var han befann sig men sedan mindes han att han var på parkeringen vid busstationen i Borgholm. Han kastade en orolig blick runt omkring sig, men allt var som vanligt. Några bilar körde sin väg medan andra kom och parkerade. Det var inget ovanligt så här under högsäsongen. Med ett ryck öppnade han bildörren och klev ut. Han gick till bakluckan och plockade ut ryggsäcken som låg där. Även om han visste att den var tung kändes den inte så för i den fanns hans befrielse. Det som skulle göra honom till en sann hjälte, någon som verkligen hade gjort något för deras sak. Utan att låsa bilen, det spelade ju ändå ingen roll, gick han med målmedvetna steg mot bostadshusen som låg på andra sidan gatan. Han svängde förbi Folktandvården och gick ned förbi trädallén tills han kom fram till ännu en grupp med hyreshus. Han gick in genom den första porten. Han gick uppför två trappor och ringde på den första dörren. Engelsmannen öppnade med en gång som om han hade stått och väntat. Han log ett kort leende precis som den första gången de hade träffats och släppte in honom med en gest som liknade en bugning.

Joakim hade struntat i att se om det fanns en namnskylt på dörren då han utgick ifrån att om det stod ett namn där så skulle det inte vara det rätta. Joakim gick direkt in i vardagsrummet. Han blev förvånad över hur likt det var Den Tjocka Damens vardagsrum. Engelsmannens soffa var visserligen av läder och bordet av en annan modell, men båda vardagsrummen var lika spartanskt inredda med en stor tv framför soffan och en bokhylla fylld med videokassetter, DVD och BluRays. Precis som Den Tjocka Damen hade gjort den där första gången de hade mötts, så kom Engelsmannen ut med en bricka med två stora kaffekoppar, en kaffekanna och en liten tillbringare med mjölk. De satt tysta medan de drack sitt kaffe. Båda drack det svart. Trots det Joakim skulle göra kände han sig lugn. Det hade han gjort ända sedan han för första gången hade träffat Engelsmannen hos Den Tjocka Damen. Han orkade inte hela tiden vara orolig. Den Tjocka Damen verkade inte ha märkt det. Hon verkade vara nöjd med att bara hålla sig borta från alla andra. Men Engelsmannen hade förstått och delade hans känslor. Under de senaste veckorna hade de planerat hur de skulle gå tillväga. Allt de behövde göra var att sätta bollen i rullning. Att visa för de andra Vakna att de också kunde göra motstånd och att de inte behövde vara rädda och oroliga hela tiden. De hade valt lösenordet mest som ett skämt "Framtiden började igår". Det hade ingen riktig mening. Det var bara något som Engelsmannen kunde använda för att signalera till Joakim när den rätta tiden var inne.

Då de hade druckit upp sitt kaffe tog Engelsmannen Joakims ryggsäck och gick ut i köket. För att slå ihjäl tiden slog Joakim igång tv:n. Bredvid DVD-spelaren låg en skiva med en lapp där det var skrivet "Här är något som kan inspirera dig". Joakim tog och satte i DVD:n i spelaren och startade den. Först var det bara brus ett par sekunder sedan visades en grynig mobilfilm. Det tog en stund innan Joakim kunde identifiera vad som visades. Det var World Trade Center när flygplanen flög in i den. Filmen var bara ett par sekunder lång sedan dök ett inslag från SVT upp om en självmordsbombare i Irak. Gråtande kvinnor och män som viftade med sina vapen i luften och utlovade hämnd. Sedan följde ytterligare nyhetsklipp och hemmafilmer med olika skjutningar och bombattentat från olika platser i världen. Joakim tittade på filmen och han kunde se det utifrån sig själv. Egentligen borde det väl väcka obehag, men det enda han kände var iver och förväntan. När filmen var slut tryckte han på replay och såg den flera gånger. Han visste inte hur länge han satt där. När han tog fjärrkontrollen för att se filmen för femte eller sjätte gången hörde han en harkling från köket. Det var förstås Engelsmannen. Han höll en plastlåda ungefär lika stor som en liten gammaldags klockradio. Joakim lät fjärrkontrollen falla och bara nickade till Engelsmannen som högtidligt gick fram till Joakim och lade ned plastlådan på bordet. Joakim satt bara ned och väntade. Engelsmannen gick ut i köket och hämtade ryggsäcken och tog ut två paket som skulle kunna innehålla smörgåsar men utifrån paketen hängde kablar som han fäste vid lådan.

"Du behöver inte göra det här" sa Engelsmannen, "du kan bara lämna ryggsäcken och gå därifrån".

Men Joakim skakade bestämt på huvudet. Nej han måste göra det. Han måste gå hela vägen för att visa för de andra Vakna att det krävdes det offer. Han gjorde det här av sin egen fria vilja. Det krävdes en martyr för att verkligen skaka om folk. Att verkligen visa att offer var nödvändiga för att de skulle kunna nå sina mål. Engelsmannen såg beslutsamheten i Joakims blick och sa inget mer. Han bara stoppade tillbaka paketet och lådan i ryggsäcken och gav Joakim en nick. Joakim reste sig upp och gick ut ur lägenheten utan att säga något. Det behövdes inte fler ord och det fanns ingen anledning till att stanna kvar i lägenheten längre än nödvändigt. Det var nu som det viktigaste skulle komma. Han fick inte drabbas av rädsla och fega ur, nu när han var så nära sitt mål.

Så fort han hade stängt porten till hyreshuset bakom sig, så började han i tankarna att gå igenom hela sitt liv. Från sina tidigaste minnen som 3–4 åring fram till den dagen då han fick sitt uppvaknande. På detta sätt kunde han undvika att tänka på vad han skulle göra och de oundvikliga konsekvenserna av det. När han kom fram till Storgatan gick han in på den första puben han kom fram till. Han beställde en öl och satte sig på en ledig plats. Det var fortfarande gott om plats då det var tidigt. Nu kom den svåraste delen. Den som handlande om att bara sitta och vänta och inte verka misstänkt eller dra till sig några misstankar. Detta blev nästan outhärdligt svårt när han i sin genomgång av sitt liv kom fram till föräldrarnas bilolycka och död. Känslan av att var ensam och helt utelämnad till en kall och oförstående värld. Men han lyckades svälja sina tårar och se normal ut. Som en helt vanlig kille som bara satt och tog en öl på en uteservering och antagligen njöt av sin semester.

Två timmar senare var puben nästan helt full av folk. Nu bestämde han sig för att han inte kunde få ett bättre tillfälle. Han gick ut och tog en snabb runda omkring baren för att se att det inte fanns några barn på gatan i närheten. Även om de flesta skulle växa upp till att bli onda så var de fortfarande oskyldiga. Han gick tillbaka in med beslutsamma steg fram till sin ryggsäck och stoppade ned handen i den. Han smekte den svarta lådan nästan kärleksfullt. Kände så att trådarna satt ordentligt fast i paketen. Sedan drog han vänstra handens pekfinger med en snabb rörelse till den knapp som satt på lådans sida och tryckte in den.

Explosionen blev fruktansvärd. Baren blev så gott som totalt förstörd och splitter flög ut åt alla håll och träffade förbipasserande fotgängare och bilar som körde förbi på en tvärgata. Det här var det första attentatet som hände men det var långt ifrån det sista eller det största.

TILLFLYKSTORTEN

John tittade på bostadsannonserna på Ölandsbladets hemsida en gång till. Han hade i stort sett redan bestämt sig men ögnade igenom annonsen en sista gång. Precis som om han skulle kunna upptäcka något som skulle göra att han ångrade sig. Den här gången gick han igenom annonsen halvvägs och ruskade sedan på huvudet. Han skulle inte vara så velig den här gången. Nu skulle han helt enkelt ringa upp mäklaren och bestämma en tid för visning. Förutsatt att inte stugan redan var såld. Men annonsen var ju bara ett par dagar gammal så det verkade otroligt. Innan han hann ångra sig igen tog han upp mobilen ur fickan och slog numret.

Samtalet blev ganska kort. Mäklaren Magdalena Hansson verkade glatt överraskad över att någon hade hört av sig så snabbt om stugan. Ja, en enslig belägen stuga på västra Öland var kanske inte det mest attraktiva objektet. Men det passade John perfekt. Då han inte hade något annat att göra kunde han komma ned till Öland redan på eftermiddagen dagen därpå.

Nu när han hade ringt samtalet och beslutat om mötet kände han att han var full av energi. Han drog på sig joggingoverallen och sprang en lång runda. Något han inte hade gjort på ett par månader, så han blev snabbt andfådd. Strax därefter började han även få håll. Han kämpade sig igenom det. Det var som om han hade fått tillbaka sin gamla energi. Det senaste halvårets apati började släppa. Hans före detta fru Maria hade sagt att det nog var det bästa för dem båda att de gick skilda vägar. Då hade inte John förstått vad hon menade, men nu kändes det som han började förstå henne.

När han kom tillbaka till sitt hus ställde han sig i duschen. Duschade en lång stund. Han drog upp värmen så att han nästan brände sig. Men ändå gjorde det inte ont utan det kändes uppfriskande och som ett reningsbad. När han var klar och hade torkat sig, knöt han en handduk om midjan. Visslande gick han ut i köket. Han tog bort den halvfulla förpackningen med Scans köttbullar och en starkölsburk. Han hade köpt ölen kanske två veckor tidigare och de hade bara blivit stående där. Han hade aldrig varit någon som druckit speciellt mycket. Även när han hade mått som sämst hade han aldrig ens varit i närheten av att bli en sådan där frånskild medelålders man som satt och drack bort sin ensamhet. Efter han hade stekt köttbullarna och kokat makaroner till dem åt han hela rasket med en ordentlig portion ketchup.

Första gången på de två senaste åren kände han en riktig förväntan. Många skulle väl ha kallat hans och Marias skilsmässa för en bra skilsmässa. Det var efter att pojkarna hade blivit stora och flyttat hemifrån som det kändes som om de var klara med varandra på något sätt. Den där andra förälskelsen som man hade läst om i tidningar hade aldrig inträffat för dem. Det blev bara så att de gick omkring i huset. Det värsta var väl att de inte hade några riktiga intressen som de kunde dela. Något som de inte hade upptäckt tidigare då de båda hade varit helt inställda på att de skulle bilda familj och få barn. Men nu när barnen var stora och hade flyttat ut hade de märkt hur lite de egentligen hade gemensamt. En dag hade Maria helt enkelt bestämt att hon ville ha en skilsmässa. Det var inte så att hon hade hittat någon annan utan hon orkade inte leva med någon som hon kanske älskade men inte hade mer gemensamt med än deras förflutna. Vad hade han gjort? Inte mycket mer än nickat och mumlat något han inte längre kunde komma ihåg. När han hade tänkt igenom det hela så kunde han nog medge att en stor del av problemen låg på honom. Under hela den tiden han och Maria hade varit ett par hade hon varit den som tog initiativet.

Det här var kanske det första beslutet som han hade fattat helt på egen hand sedan han hade flyttat ifrån föräldrahemenet och börjat studera i Växjö. Han lade sig ovanligt tidigt den här kvällen, inte för han var trött utan för att han ville att morgondagen skulle komma så snabbt som möjligt. Visst, stugan kanske var ett gammalt ruckel men han hade i alla fall varit där och sett det. Han hade inte bara tittat på annonsen och sedan låtit det vara utan han hade verkligen gjort något. Han vill inte kalla det tillstånd han hade befunnit sig i för en skilsmässodepression. Det fanns så många fler som mådde sämre än han själv intalade han sig. Han hade gått i ett djupt svårmod, men som det kändes nu var det en aning lättare.

När John vaknade på morgonen så var nästan all entusiasm från föregående dag som bortblåst. Nu kändes det mest som en arbetsuppgift, något han måste göra. Han hade ställt klockan så han vaknade innan sju, så han skulle ha gott om tid att åka vägen från Nybro där han bodde ned till Kalmar och över Ölandsbron till Öland. Frukosten smakade inget speciellt och han drog stegen efter sig då han gick ned till garaget och körde ut bilen. Han körde hela vägen utan att slå på radion. P4 kändes som något som var alltför glättigt för hans sinnesstämning och P1 kändes för tungt. Men när han kom upp på högbrodelen av Ölandsbron bestämde han sig för att skärpa sig. Om huset inte var något för honom, hade han ju varit där och sett på det. Han drog sig till minnes vad han hade tänkt kvällen innan – för första gången på 25 år hade han fattat ett eget beslut som inte var beroende av någon annan.

Att hitta till huset inte var det lättaste. Eller rättare sagt, det skulle inte ha varit lätt om han inte hade haft bilens GPS-navigator. Men för att han hade kört för långsamt den första milen, blev han nu tvungen att köra på ordentligt. Han såg inte det som ett problem då han var den enda på de öländska småvägarna så här dags på en vardag. Han kom fram med fem minuter till godo. Han svängde in genom grindöppningen och parkerade bredvid mäklarens BMW som stod bredvid ett gammalt äppelträd. Han blev förvånad över hur dåligt skött trädgården var. Gräset räckte honom nästan upp till knäna och stengången som ledde fram till farstutrappan var nästan helt övervuxen. Mäklaren Magdalena Hansson stod vid ytterdörren och väntade på honom. Hon var en ganska alldaglig kvinna, ungefär i hans egen ålder. Hon gjorde ett genuint vänligt intryck på honom. Hon hade inga försäljarposer för sig utan gick lugnt och sakligt igenom stugans tillstånd. Den hade renoverats bara ett par år tidigare av den förre ägaren. Eftersom stugan var en del av ett dödsbo hade den stått helt övergiven i flera månader. Men naturligtvis kunde mäklaren ta dit en städ- och trädgårds firma som skulle kunna snygga upp om han var intresserad av att köpa den. All den gamla entusiasmen som han hade känt tidigare hade väl inte kommit tillbaka, men ganska snabbt kunde han se sig själv bo här. Naturligtvis skulle det ha varit mycket bättre om han och Maria fortfarande skulle ha varit gifta. Så fort han hade tänkt den sista tanken kom han på sig själv och han skrynklade ihop sitt ansikte för att trycka undan tankarna. Om Magdalena såg det så låtsade hon i alla fall inte om det. Visningen tog inte mycket mer än 20 minuter främst beroende på att stugan bara bestod av tre riktiga rum och en stor hall. På tomten fanns också en liten jordkällare med en nästan helt hopfallen och genomrutten dör samt en vedbod som den förre ägaren hade använt som cykelgarage. John sa att han skulle tänka på saken och att han skulle höra av sig inom de närmaste dagarna, men han hade redan bestämt sig att han skulle flytta ut till stugan.

När han var tillbaka hemma på kvällen satte han sig för att ordentligt tänka igenom vad han ville. Att bara springa in i något som han inte visste vad det skulle leda till låg inte för honom. Å andra sidan, var det inte hans ovilja att pröva på något nytt som hade gjort slut på hans äktenskap? Skulle det inte kunna ha varit så att det hade varit han och Maria som hade suttit där och gemensamt planerat om de skulle flytta eller inte. Med ett ryck drog han sig tillbaka då han kände hur än en gång det mörka molnet började sänka sig över honom. Så fort han hade gjort det fattade han sitt beslut, han kunde helt enkelt inte stanna kvar i Nybro. Det här var antagligen hans sista chans att ändra på sin situation. Om han inte gjorde det nu skulle han antagligen vakna upp en dag och inse att hans liv hade passerat och han inte hade gjort något åt sin situation och att det då skulle vara allt för sent. Han vill ringa Magdalena direkt men han såg på sin klocka i mobilen att den redan var över elva och att hon antagligen hade gått och lagt sig. Så precis som på torsdagen gick han och lade sig upprymd men till skillnad från då vaknade han dagen efter på ett bra humör. Men nu var det ju lördag och precis som alla andra hade väl mäklare ledigt på lördagar. Dessutom ville han inte verka fånig inför Magdalena. Det var nästan som när han och Maria började träffas. Han log för sig själv för den fåniga jämförelsen.

Lördagen och söndagen sniglade sig fram. Även om han försökte fylla dagarna med alla sina vanliga sysselsättningar som han hade gjort alla andra dagar sedan han blev sjukpensionär två år tidigare. Visst, han hade vänner och han hade söner och föräldrar som lyckligtvis fortfarande var i livet men ändå hade han ända sedan skilsmässan blivit en mycket mer ensam människa än han varit tidigare. I vanliga fall skulle dessa tankar ha lett till att molnet hade sänkt sig över honom, men nu kändes det som han kunde se mer klarsynt och nyktert på det hela. Ja, John tänkte han för sig själv, det förflutna kan du inte ändra på, bara din framtid.

Så kom äntligen måndagen. Han sov ovanligt länge. När han vaknade strax innan tio kände han att han bara måste ringa om huset. Magdalena svarade nästan direkt. John tyckte att hon nästan lät glad att det var han som ringde henne. Men det var nog antagligen bara som han inbillade sig. De beslutade sig för att träffas redan på kvällen samma dag. Detta förvånade Johan. Han ville fråga om hon inte hade något bättre att göra en kväll än att skriva hyreskontrakt. Men lyckligtvis hindrade han sig själv i sista sekunden. I stället sa han bara att visst kunde han komma ned till Öland med en gång. Så fort de hade lagt på sprang han ut till bilen. Han hade sagt att han skulle sova över hos vänner i Färjestaden. Något som inte var sant. Över huvud taget kände han ingen på Öland. Men önskan att äga stugan hade blivit som ett tvång för honom. Han ville inte vänta ett ögonblick längre än vad som var absolut nödvändigt. Han körde vägen alldeles för fort. Det var bara ren tur att det inte var poliser ute som stoppade honom. Han kom fram alldeles för tidigt så han blev tvungen att gå runt i Färjestaden i drygt två timmar innan den överenskomna tiden som de skulle träffas på hotell Skansen. Där fick han vänta ytterligare en kvart innan hon dök upp. Hon ursäktade sig för att hon var försenad. Han sa at det inte gjorde något. Middagen blev nästan pinsam när de båda satt där och tafatt försökte hålla igång en konversation. John började inse att han började tycka att Magdalena nästan var vacker. Han kunde ärligt talat aldrig minnas att någon annan kvinna än Maria hade varit vacker i hans ögon. Detta bidrog till den pinsamma stämningen. Det ledde bara till han blev mer tyst och att Magdalena fick hålla igång bordssamtalet. När middagen var över och de reste de sig för att gå fnittrade Magdalena till och sa:

"Just det, jag höll nästan på att glömma", hon stoppade ned handen i handväskan och plockade upp ett paket. John blev så förbluffad att det tog några sekunder innan han tog emot paketet.

"Jaha det hör inte till vanligheterna" sa han med ett tonfall som var menat att låta ledsamt.

"Nej det är det inte, men jag tyckte du skulle ha den här" sa hon med ett tonfall som han inte kunde tyda. Paketet var ganska tjockt men inte speciellt stort. Det kändes som en pocketbok.

De sa hej då och han gick ned till sin bil som var parkerad i hamnen. Han hade bestämt sig för att sova i bilen över natten. Under middagen hade han druckit två glas vin och han ville inte ta några risker på vägarna även om han inte kände sig berusad. För att spara på bilens batteri tog han fram ficklampan som han alltid hade liggande i handskfacket och öppnade paketet. Det var mycket riktigt en bok. En pocketbok som tydligen hette "Vid den blå sjöns strand". På bokomslaget var bara boktiteln skriven med azurblå bokstäver mot en svart bakgrund. Han vände på boken och läste på baksidan. Det var tydligen manus till en film som hade väckt en massa uppståndelse på 30-talet. Han var väldigt förvånad över att Magdalena över huvud taget hade gett honom en present. Den här boken verkade inte vara något som man bara gav bort till en kund för att visa god vilja. Ändå kände han sig väldigt glad över att Magdalena hade gett honom den. Han kröp bak till baksätet och drog en filt över sig. Han somnade mycket snabbare än vad han hade trott att han kunde göra.

John brukade inte drömma, i alla fall brukade han inte komma ihåg sina drömmar då han vaknade. Den här natten mindes han en av drömmarna. Antagligen för att den var så levande. Han befann sig i en skog. Dofterna var nästan överväldigande men det var inte direkt obehagligt. Det var en frisk doft av urskog. Det doftade som efter ett rejält regnväder. Det doftade av gran såväl som av våtmark. Han böjde sig ned och kände på jorden under sina bara fötter. Det kändes helt torr. Inte som jord brukade göra i en skog. Det var mer som sand som man kan finna på en strand. Skogen var så gott som helt tyst. Det var bara vinden som susade mellan träden. Då han lyssnade riktigt noga hörde han bruset av vågor. Det lät inte som vågorna var speciellt avlägsna. John kände plötsligt ett överväldigande sug att gå dit. Hans fötter rörde sig som av sig själva. Skogen som tidigare verkade ogenomtränglig, delade sig plötslig till en bred stig där två personer lätt kunde gå sida vid sida. När vågornas skvalpande blev tydligare kunde han nästan känna doften av hav i sina näsborrar. När han kom ännu närmarare kunde han höra nya ljud. Det var röster. Det var röster av barn. Barn som skrattade och en del av dem till och med sjöng. Men det var ingen vanlig visa som "Idas sommarvisa" utan komplex stämsång där han inte kunde urskilja några av orden. Plötsligt fick han en hård vindstöt i magen och han vaknade med ett ryck. Han hade en skarp smärta i ländryggen. Det var den gamla skada som hade lett till hans tidiga pensionering. Dessutom var han förvirrad och visste först inte var han befann sig. Men sedan kom han ihåg köpet av stugan och middagen med Magdalena. Han skrattade högt och ofrivilligt. Han hade verkligen gjort det! Han hade verkligen köpt stugan och inte fegat ur! Han måste berätta detta för någon. Han drog upp mobilen ur fickan och slog Marias nummer. Det gick fram sju signaler innan hon yrvaket svarade. I sitt euforiska tillstånd babblade han bara, så Maria blev tvungen att avbryta honom och be honom att förklara i ett lugnare tonfall. Dessutom var ju klockan bara strax efter fyra på morgonen. Till slut lyckades han förklara varför han ringde. Hon lät trött men ändå glad för hans skull. Att hon visade så lite intresse för sitt hus där de hade levt nästan 20 år tillsammans och där deras barn hade växt upp gav ett litet stygn i hjärtat på honom men bara under ett par sekunder. Hon hade väl helt enkelt kommit längre i att bearbeta skilsmässan än vad han hade gjort. Om man tänkte nyktert på saken kunde han erkänna att han ärligt talat mest hade flytt ifrån det hela och inte ville se konsekvenserna. De pratade en lång stund. Mest om vad hon hade gjort under det senaste året. Själv hade han inte gjort något speciellt mer än att vandra runt i ett limbo. Deras konversation pågick i nästan 20 minuter innan Marias väckarklocka ringde. Hon jobbade som läkare på Västerviks sjukhus och började tydligen tidigt i dag. Hon gratulerade honom en sista gång till köpet av stugan och sedan lade de på.

När hon hade sagt hej då till John kvällen innan hade Magdalena gått direkt hem. Hon hade inte mer ett par hundra meter att gå för att komma till sin lägenhet. Hon kände sig glad på ett sätt som hon inte hade gjort på en lång tid. Det var inte bara att hon hade lyckats sälja stugan, något som hon hade trott skulle vara nästan omöjligt, utan dessutom fanns det något som hon inte kunde förklara för sig själv. En dragningskraft till John. Kunde han vara den som hon hade väntat på i nästan tio år? Hennes lägenhet var spartansk inredd. Det fanns inga foton av föräldrar, syskon eller barn. På vardagsrummets vägg hängde det bara en tavla. Det var en ganska märklig historia föreställande ett kugghjul med ett öga i mitten. Efter det att hon hade tagit av sig sina skor och hängt av sig kappan, gick hon fram till tavlan och tittade på den. Efter en liten stund började hon vaja fram och tillbaka och nynna för sig själv. Nynnandet var lågt och harmoniskt. Vajandet blev allt mer intensivt och till slut började hon kränga som en indisk kobra som dansade till en galen flöjtspelares musik.

John bestämde sig att flytta in i stugan så snabbt som möjligt. Då han inte hade något jobb krävdes inga speciella förberedelser förutom att plocka ned allt han ville ha med sig till sin stuga. Efter att ha ringt runt till flera gamla vänner där de flesta ställde upp och hjälpte till med flytten blev inte heller det något större problem. Han ringde också till sina söner och berättade om stugan. Precis som Maria hade de blivit glada men förvånade då han berättade om flytten och de lovade båda två att komma ned så fort som möjligt för att hälsa på honom.

Flytten gick precis som planerat för John. Med vännernas hjälp flyttade han allt sitt bohag på två helger. Han var själv förvånad över att han inte kände mer melankoli över att flytta ifrån det hus där han hade bott under hela sitt äktenskap med Maria. Det enda som gjorde honom en aning ledsen var att ingen av sönerna hade kommit för att hjälpa honom. Visserligen hade de sina egna liv att tänka på, men ändå hade det varit trevligt om de hade kunnat göra det tillsammans.
Dessutom hade drömmarna om skogen blivit mer frekventa ju närmare flytten han kom. De var nästan likadana varenda gång. Åtminstone kunde han inte märka någon skillnad då han vaknade och tänkte tillbaka på dem. Det var ju inte någon mardröm direkt så han tänkte inte så mycket på dem.

Även Magdalena började bli allt mer ivrig ju mer hon tänkte på Johns flytt till stugan. Hon visste vem som hade bott där tidigare och hon kunde hoppas på att den nya ägaren skulle vara den som hon hade väntat på i alla dessa år. Så fort hon fick syn på John då han kom för att titta på stugan visste hon att hennes väntan var över. Det hade varit svårt för henne att hålla sig lugn och bete sig som vanligt då de gick igenom rutinerna vid visningen av stugan. Nu var det bara att vänta. Hon hade talat med Den Tjocka Damen på telefon. Hon hade sagt att hennes del av uppdraget var slutfört, men hon kunde inte släppa det utan hon ville se vad som skulle hända härnäst. Ända sedan hon hade haft sitt uppvaknande och träffat Den Tjocka Damen för drygt tio år sedan visste hon att hon hade ett uppdrag. Även om det bara var en liten del så kände hon ett stort ansvar. Den Tjocka Damen hade inpräntat i henne hur viktigt det var att hon inte visade något. Hur svårt det än var skulle hon fortsätta precis som vanligt. När den första martyren hade gjort sin del skulle hon få sälja hans gamla hus och se till att det såldes till den rätta köparen.

"Hur skall jag kunna veta vem som är den rätta köparen?" hade hon frågat. Men då hade den andra kvinnan bara lett och lagt handen övertygande på hennes axel. Då Den Tjocka Damen hade varit vid hennes sida och gett henne stöd under sin svåra tid litade hon fullständigt på henne. Nu när hon hade träffat John kunde hon inte sluta att tänka på honom. Hon ville vara där och se vad han skulle göra och om möjligt hjälpa honom. Den Tjocka Damen kunde se hennes beslutsamhet i ögonen. Efter en stunds tystnad tog hon bort handen från Magdalenas axel och sa:

"Du får göra som du vill. Jag vet att du är en klok och eftertänksam person. Men var försiktig. Det skulle inte vara bra för dig om du kom för nära även om den som har öppnat våra ögon är godhjärtad och vill oss alla väl så är hon också avundsjuk. Hon vill ha de utvalda martyrerna för sig själv."

Första natten som John skulle sova i sitt nya hus var han så uppspelt att det dröjde långt in på natten innan han kom till sängs. När han gick runt i sin rastlöshet fick han syn på boken han hade fått av Magdalena. Han hade inte ens öppnat den sedan han hade fått den. Han hade inte haft någon tid. Nu kunde han väl åtminstone läsa ett par sidor och kanske hoppas på att han blev lite sömnig. Av baksidestexten att döma var filmen som boken var baserad på väldigt kontroversiell. Han visste inte exakt vad han hade förväntat sig. Var den fylld med sex och våld eller var den fylld med något politiskt budskap som ansågs som oacceptabelt? När han hade läst ungefär fjorton till femton sidor, hade det inte stått något som kunde anses som provocerande eller upprörande. Den var faktiskt ganska tråkig i sin alldaglighet. Han läste de två första kapitlen sedan började han gäspa stort och fick svårt att läsa då ögonlocken bara ville falla igen. Han vek översta högra hörnet i boken och gick till sängs och somnade nästan på en gång. I drömmen var han tillbaka till skogen, men nu var han så van att han knappt tänkte på det. Ganska snart märkte han att det fanns en skillnad. Allt var mer verkligt och tydligt. All känsla av drömskhet var som borta. Det var verkligen som han var där. Han flinade och tänkte på vad man brukade säga att om man nöp sig själv i en dröm skulle man vakna. Han ville inte vakna. Det var nästan som att det här var det bästa stället han hade varit på. Han och Maria hade varit på en del chartersemestrar, först på egen hand och sedan med pojkarna. Det hade varit bra och ibland lärorikt. Som resorna till Florens eller till Paris. Men han hade aldrig fått den här känslan. Känslan av att det var meningen att han skulle var här. Det var något helt nytt för honom. En känsla han aldrig hade haft tidigare. Han visste att det var fånigt, det var ju trots allt bara en dröm. Varför hade han jämfört det med resorna utomlands? När det bara var fråga om något som enbart hände i hans undermedvetna.

Han började gå på stigen som så många gånger förut. Varje gång han hade drömt den här drömmen hade han kunnat gå en liten bit längre. Man varje gång hade en vindpust kommit och blåst honom till marken så han hade vaknat upp. Men nu verkade det som om han kunde gå stigen helt obehindrat. Han passerade platsen där han kunde höra barnens mässande inifrån skogen och bruset från de vågor som han hade hört förut blev att tydligare. Plötsligt öppnade sig träden och han befann sig på gräsklädd strand. Framför honom låg kanske det öppna havet. I alla fall kunde han inte se något land på den andra sidan. Vattnet var mörkblått, nästan svart, men det glimrade av solen så det började svida i hans ögon och de tårades. När han stod där och tittade ut över vattnet drabbades han plötsligt av en känsla som han först inte alls förstod. Det kändes som sorg uppblandad med fysisk smärta men även glädje och upprymdhet. Det var som en hel massa motstridiga känslor hade samlats i en. När han stod där och försökte reda ut vad han egentligen kände, kröp det plötsligt en kall kåre längs hans ryggrad. Det kändes som om någon stod och tittade på honom. Blixtsnabbt vände han sig om. Han gjorde det så snabbt att han nästan halkade omkull. Han hade inte förväntat sig att se någon eller något. Därför blev han överraskad då han såg en ung man stå på stigen ungefär tjugo meter ifrån honom. Den andra mannen höll upp händerna framför sig som för att visa att han inte var farlig och började lugnt och stilla gå mot John. John tvekade bara ett ögonblick innan han gick den andra till mötes, dels för att han inte hade mycket annat val och dels för att det bara var en dröm och han visste att inget kunde skada honom på riktigt.

När de var nästan framme vid varandra stannade de båda och den unge mannen sa med lugn röst:

"Jag är glad att få träffa dig till slut, John".

"Vad heter du själv? frågade John. Han blev naturligtvis inte förvånad över att den andre visste hans namn. Det var ju bara självklart att sådant hände i drömmar.

"Jag heter Joakim." sa den andre och gjorde en gest mot John för att få honom att följa med tillbaka längs stigen.

"Vad tycker du om skogen?" frågade han efter en liten stund. John ryckte på axlarna. Han hade inte tänkt så mycket på skogen. Men efter stund sa han :

"Den är väl helt OK!"

Den andre skrattade till och nu när de hade kommit en bit längs stigen märkte John att skogen hade förändrats. Den hade blivit mörkare och tätare på något sätt. När han började tänka på att skogen hade förändrats lade han märke till att också stigen hade förändrats. Det hade dykt upp stenar och rötter som slingrade sig över stigen. Plötsligt stannade Joakim och vände sig snabbt mot John.

"Du kan tyvärr inte följa med längre i natt. Du kan komma att se saker som kan skrämma dig. Jag vill bara att du skall vara förberedd."

John öppnade munnen för att fråga Joakim vad han egentligen menade, men då var allt försvunnet och han låg i sin säng utan någon känsla av att han hade vaknat. I ett ögonblick hade han varit i skogen och i nästa låg han hemma i sin säng. Han klev upp och började göra sina morgonrutiner. Men av någon anledning kände han sig inte lika pigg som han hade gjort varenda morgon sedan han hade köpt huset. Han kände sig konstig till mods. Det var något med drömmen som hade varit för verkligt. Visst var allt absurt i drömmen men det hade känts som om det hade varit mer verkligt än i någon annan dröm och mer verklig än i någon av de andra skogsdrömmarna. Efter han hade ätit frukost bestämde han att han skulle göra ett till försök med boken "Vid den blå sjöns strand". Även om han hade tyckt att den var ointressant vid första försöket skull han ge den en andra chans. Delvis var det för att han hade fått den av Magdalena och han ville ge henne ett ärligt svar om de träffades och hon skulle fråga vad han tyckte om hennes present.

Han började läsa och till sin egen förvåning kunde han inte lägga ifrån sig boken förrän vid femtiden då han började känna sig hungrig. Han kunde inte säga exakt vad det berodde på för bokens berättarstil hade inte förändrats och han kunde inte se mycket handling i den. Av någon anledning kunde han inte lägga ifrån sig boken utan han kände att han ville fortsätta att läsa. Han gick också tillbaka och läste om de första sidorna som han hade läst tidigare. Så vitt han kunde förstå av handlingen var det någon slags science-fictionhistoria om en grupp barn vars föräldrar hade bytts ut mot någon slags monster. Barnen fick reda på det och försökte göra motstånd. John hade aldrig varit intresserad av science-fiction vilket ju var en anledning till att han inte skulle ha tyckt om boken. Ändå hade han suttit i flera timmar och läst utan att han hade haft någon känsla av att tid hade förflutit.

Han satt och läste i boken tills klockan blev tio. Han kände sig inte trött och det var bara ett par sidor kvar i boken. Men han bestämde sig ändå för att gå och lägga sig. Han ville se vad som skulle hända härnäst i sin dröm. Olusten som han hade känt då han hade vaknat hade försvunnit och nu började det kännas mer som att drömmen bara var en spännande tv-serie där han själv hade huvudrollen. Han hade aldrig haft några svårigheter med att somna och inte den här kvällen heller. Men han drömde inget. När han vaknade på morgonen kände han sig förvirrad då han ju hade drömt om sjön och skogen under flera veckor. Det hade blivit som en del av hans rutiner. Något som han hade tagit för givet. Nu när han inte kunde minnas om han hade drömt något kändes det som han hade missat något. Han kom ganska snabbt till den slutsatsen att det var helt naturligt att han inte hade drömt just denna natt och att det bara var en tillfällighet att han hade haft samma återkommande dröm under en längre tid. Det var väl som när man singlade slant, det var otroligt att samma sida skulle komma upp femtio gånger i rad, men helt otroligt var det ju inte. Egentligen var det ju fånigt att se fram emot en dröm. Det var ju den tid man var vaken som var viktig om man tänkte efter.

Han fick snart annat att tänka på. Hans båda söner ringde upp och berättade att de kunde komma ned och hälsa på under helgen. Han blev upptagen att planera aktiviteter att göra med barnbarnen och att städa i stugan.

Inte heller nästa natt kunde han minnas att han hade drömt något. När han vaknade på morgonen därpå som var en torsdag, kände han ingen besvikelse att drömmarna inte hade kommit. Han bara ryckte på axlarna och tänkte att det bara hade varit något tillfälligt. Efter att ha ägnat eftermiddagen åt att göra det lilla gästrummet i stugan i ordning tänkte han med lite sorg att någon av sönerna med sin familj nog måste ta in på vandrarhemmet i byn en mil därifrån annars skulle det bli alldeles för trångt i stugan. Men det fick de göra upp om per telefon innan de kom, tänkt han.

Han åkte ned till Färjestaden för att handla mat. Han stod vid grönsakerna och plockade tomater i en påse då han hörde en välbekant röst bakom sig.

"John, vad roligt att få se dig igen!" sa Magdalena.

John hoppade till av överraskning och vände sig snabbt om.

"Oj, hoppsan! Skrämde jag dig?" sa Magdalena och fnissade.

"Nej, det är ingen fara, " sa han "det är kul att se dig också".

"Trivs du i bra i stugan? Vad tyckte du om min present?" Frågade hon sedan.

"Jo, jag trivs jättebra i stugan, men jag har inte läst hela boken än. Den är i alla fall svår att lägga ifrån sig", svarade han.

"Du har inte märkt att det har blivit någon förändring?" svarade hon efter att par sekunders tystnad.

"Förändring?" sa John med rynkad panna. Han tyckte att Magdalena verkade spänd och konstig. Inte alls så glad och energisk som han hade uppfattat att hon var under deras tidigare möten. Hon fnissade till igen och sedan ryckte hon på axlarna.

"Nej, jag vet inte vad jag menade. Det var bara något dumt jag hade fått för mig."

"Jaha, jag måste nog gå nu. Mina söner kommer och hälsar på under helgen så jag har en hel del att fixa hemma".

"Då skall jag inte störa längre" sa Magdalena och gick iväg mot mjölkkylen.

Senare när John försökte dra sig till minnes vad som hade hänt under helgen med sönerna och deras familjer kunde han bara minnas helgen fragmentariskt så som man kan minnas en mardröm. Den äldsta sonen Erik kom redan tidigt på fredagseftermiddagen. Han hade tagit med sig ett tält som han och sonen skulle sova i. Detta var så klart en lättnad för John som hade glömt bort att ringa och berätta hur lite utrymmen han hade i stugan. Samtidigt som John var glad över att se sonen och sitt barnbarn igen så fick han också en obehaglig känsla varje gång han såg på Erik. Det var ett krypande i nacken som om han såg något obehagligt. Han försökte tränga bort känslan som en dum inbillning. Naturligtvis var det bara hans nerver som spökade. Han fick dåligt samvete för han kände obehag för sin äldsta son. Men när den andra sonen Anders dök upp med frun Elisabeth och döttrarna Julia och Felicia växte obehaget på samma sätt som en del kan känna på sig att ett oväder är på väg. Allting de andra tre vuxna gjorde eller sa upplevde han som hotfullt. Som att det förebådade våld och elände. Han gjorde naturligtvis allting han kunde för att den plötsliga motviljan inte skulle visa sig. Han spenderade så mycket tid han bara kunde med barnbarnen utan föräldrarnas närvaro. Han kom på ursäkter för att föräldrarna skulle stanna kvar i stugan medan han och barnen åkte ned till Färjestaden för att bada eller gjorde upptäcktsfärder på alvaret. Sönerna och svärdottern sa naturligtvis att de gärna följde med och att han inte skulle göra sig så mycket besvär men han märkte att de var lättade över att få lite tid utan barnen. Av någon anledning gjorde detta honom så ursinnig att han knöt händerna bakom ryggen så hårt att knogarna vitnade. På nätterna kunde han knappt få någon sömn. Han låg och lyssnade om han kunde höra barngråt eller något annat misstänkt från nedervåningen där Anders sov med sin familj. Eller så stod han vid fönstret och tittade ut mot tältet. Han kunde inte förklara vad som hade hänt med honom och varför han kände som han gjorde. Han blev också överraskad över hur bra skådespelare han var och hur lätt det var att dölja vad han verkligen kände.

Den enda som verkade märka att något var fel på honom var Julia som var den äldsta och antagligen den mest intelligenta av barnbarnen. När det var dags för dem att ge sig av på söndagen gav hon honom en lång kram och viskade i hans öra:

"Vi kommer att klara oss, farfar. De vet inte om att vi vet vad de egentligen är"

Sedan gjorde hon sig lös från hans omfamning och sprang bort till sina föräldrar. Han stod kvar nedhukad med armarna utsträckta som en fåne och rörde sig inte förrän Anders oroligt ropade:

"Pappa, Är det något fel?"

Han hoppade nästan upp och ställde sig rakryggad som i givakt och sa med ett tillkämpat leende:

"Nej det är inget. Det var bara så roligt att ha er här."

Sedan gick de vuxna fram och kramade honom hejdå. Det krävdes nästan en övermänsklig ansträngning att inte skrika högt och knuffa dem ifrån sig. Deras omfamningar och deras löften om att höra av sig så fort de kom hem fyllde honom bara med äckel och avsky. Med hjälp av sina nyupptäckta skådespelartalanger betedde han sig fullständigt naturligt. Han stod och vinkade efter dem så länge han kunde se dem längs vägen, vilket var en ganska lång bit på grund av alvarets karga landskap. När de väl hade försvunnit vände han sig tvärt om och sprang in i stugan med tårarna strömmande nedför sina kinder. Vad var det för fel på honom? Var kom alla dessa nya och obehagliga känslor ifrån? Hade Julia verkligen sagt det han tyckte sig ha hört? "De vet inte att vi vet vilka de är". Det lät ju inte klokt!

Han gick och städade i ordning i stugan. Han gjorde det med en enorm frenesi men helt ogenomtänkt så han skulle med all säkerhet bli tvungen att få göra om det på måndag. Men ärligt talat, han gjorde det bara för att få slippa tänka tanken - Hade han blivit galen? Det var naturligtvis en fruktansvärd tanke, men för honom var det den enda som verkade förnuftig. Vad skulle han göra nu? Skulle han bli tvungen att åka till Kalmar för att söka upp en läkare? Vad skulle hända då? Skulle de låsa in honom? Eller ge honom så många piller att han blev som en zombie. Han hade inte en aning om hur länge han höll på med städandet, men till slut blev han genomsvettig och alldeles utmattad. Han gick in i sovrummet och lade sig ovanpå sängen och somnade med en gång.

Han var tillbaka i skogen. Den här gången fick han ingen känsla av trygghet och frid. Han fick magkramper sådana som man kan få precis innan man kräks. Men han spydde inte. I stället skrek han rakt ut:

"Vad i helvete är det här för plats? Svara för helvete! Vad är det som håller på att hända med mig?"

Allt var tyst i ett par sekunder eller ett par minuter. För allt han visste kunde det ha gått ett par timmar innan han hörde rösten bakom sig.

"Jag är så hemskt ledsen att du måste få veta på det här sättet. Men det var tyvärr nödvändigt". John kände direkt igen Joakims röst bakom sig. Utan att vända sig om sa han med en röst som var på gränsen till att bryta ut i gråt:

"Är det du som har gjort allting? Varför gjorde du det och varför just jag?"

"Nej, det var inte jag" svarade Joakim med låg och sorgsen röst.

"Det handlar om att du har vaknat. "

"Vaknat? Vad menar du? Vad är det för skitsnack!" fräste John utan att vända sig om.

Joakim tog ett par försiktiga steg framåt och ställde sig bara en liten bit bakom John innan han svarade.

"Det finns ett fåtal av oss människor som verkligen kan se hur vi vuxna verkligen är. Vi kanske låtsas att vi är snälla, kärleksfulla och vänliga, men innerst inne är vi alla monster."

John harklade sig för att göra en invändning, men Joakim stoppade honom genom att lägga sin hand på hans axel. John ryckte till men lät handen ligga kvar. De stod tysta en lång stund. Till slut harklade sig John och sa med låg röst:

"Jag tror dig inte"

Den andre mannen fnös irriterat.

"Det handlar inte om att tro eller inte tro. Det handlar om att inse fakta. Men låt mig höra. Vad har du för förklaring till det som händer?"

John snurrade plötsligt runt och högg tag i Joakims krage. Han tryckte sitt ansikte precis intill den andre mannens ansikte och väste

"Allt det här är bara min fantasi, att jag har blivit galen och inbillar mig saker"

"Ja, det är många av oss som har trott så före dig. Det är en lätt utväg. Att vägra att inse saker som de verkligen är och ta sin tillflykt in i det som kallas vansinne. Jag skall inte stoppa dig om du vill ta den utvägen men minns då att då kan jag inte längre hjälpa dig"

"Hjälpa mig! vrålade John och knuffande Joakim så hårt att han snubblade bakåt och satte sig på marken.

"Hur skulle du kunna hjälpa mig? Eller kallar du det här för att hjälpa! Allt du har gjort är bara för att förstöra för mig, att få mig att tro att mina söner och svägerska är monster."

Joakim reste sig och torkade långsamt av sin byxbak. Sedan lade han huvudet på sned och sa lugnt helt utan någon som helst känsla:

"Jag ska ge dig ett val. Antingen kan du bara ta ett steg framåt och då vaknar du. Men du kommer fortfarande se sanningen för vad den är och om du vill kalla det för vansinne så får du lära dig att leva med det. Eller så kan du vända dig om och låta mig hjälpa dig. Valet är ditt".

Sedan stod han tyst och bara tittade på John. John stod stilla. Vad hade han för val om man tänker igenom det ordentligt? Att vakna upp och låtsas som om inget har hänt. Att allting är som vanligt. Han trodde inte längre att det här bara var en dröm. Han visste inte när han hade kommit till den slutsatsen. Men det kändes som mer verkligt än hur den största delen av hans liv hade känts. Kunde man inte säga att han hade gått som en sömngångare ända fram tills han hade flyttat in i den öländska stugan? Att bara låta saker hända med honom utan att ta några riktiga egna initiativ. Det var därför hans äktenskap inte hade fungerat och det var därför han hade så lite kontakt med sönerna och barnbarnen. Han lät bara saker hända med honom, men inte längre.

Utan att ge ifrån sig ett ljud vände han sig om. Han blev bländad av ett oväntat starkt sken som om väldiga strålkastare lyste honom i ansiktet. Han fick en svindlande känsla av att åka framåt som om han var fastspänd vid en enorm åkattraktion av något slag. Plötsligt befann han sig på en ny plats. Han visste inte hur men han kände att han fortfarande befann sig i skogen men han var bara djupare inne i den nu. Han var i en glänta. Runt honom stod det rad efter rad med statyer. Män och kvinnor klädda i alla möjliga olika sorters kläder. Det såg ut som om de var från olika tidsåldrar och länder. En del av statyerna var av brons eller järn, en del var av sten av olika slag och några var urkarvade i trä.

"Det här är alla de som har kommit före oss. Alla de som tidigare har insett sanningen och valt att göra något åt saken."

Rösten var Joakims men när John vände sig om var han inte där. Det som tidigare hade varit en glänta hade nu blivit till en enorm öppen yta full med statyer. Han kunde inte se så långt, men han visste att om han gick i någon riktning skulle raderna med statyer bara fortsätta att finnas. När han hade tänkt detta återkom Joakims röst igen. Det lät som han stod precis bakom John men han visste att om han skulle vända sig om skulle han inte kunna se honom.

"Vi kanske verkar många men vi är bara en droppe i havet om man jämför med hur många de andra är. Men känn ingen förtvivlan. Vi vet vad dom är men de vet inte vad vi är"

Sedan blev rösten tyst men kom tillbaka och nu lät den belåten.

"Jag känner att du förstår och att du har accepterat ditt öde. Nu är det bara en sak kvar för dig att göra."

John nickade. Joakim behövde inte säga något. John vände sig om och tittade rakt upp i himlen. För första gången lade han märke till hur solen på denna plats såg ut. Det var en ljusboll som visserligen lyste starkt, men man kunde titta rakt på den utan att få ont i ögonen. Längs kanten gick en taggig svart cirkel och mitt i den klargula bollen fanns ett svart streck. När han tittade noga såg han att strecket var en smal oval, likt pupillen i ett öga. Hennes öga. Beskyddarinnans öga. Han visste inte var tanken kom ifrån, men den brände sig in i hans medvetande som en absolut sanning. Plötsligt flammade solen upp och bländade honom igen och ytterligare en gång fick han känslan av att åka framåt. Sedan vaknade han.

Han kände sig som om han var full. Taket snurrade. Han fick blinka tjugo trettio gånger innan det blev stilla igen. När han slängde av sig täcket och klev ur sängen snubblade han på sina egna fötter och föll ned på alla fyra. Han blev stående på detta sätt. Till en början andades han så snabbt och ytligt att det svartnade för ögonen på honom. Efter en stund fick han tillbaka andningen och fick ned ny luft i lungorna. Han reste sig med stöd mot väggen och rörde sig vacklande ut mot köket. I dörren till köket blev han stående då han såg en bil som svängde in på uppfarten. Ett fruktansvärt ögonblick fick han för sig att det var någon av sönerna som hade kommit tillbaka. De hade kanske glömt något och nu hade kommit tillbaka för att hämta det. Men så kände han igen bilen. Det var Magdalena. Han orkade inte tänka på varför hon hade dykt upp. Han stapplade bara in i köket och dråsande ned på en av stolarna. Genom fönstret såg han hur Magdalena gick fram emot ytterdörren och ringde på ringklockan.

"Kom in!" skrek han med brusten och kraxig röst.

Hon tog ett halvt steg tillbaka av förvåning innan hon öppnade dörren och steg in. Han hörde hur hon beslutsamt stängde igen dörren bakom sig och sparkade av sig skorna. Hon tog de få stegen till köket. I vanliga fall skulle John ha tyckt att hela situation skulle ha varit pinsam eller i alla fall komisk, men han blev sittande på stolen i sina svettiga och skrynkliga kläder. Nu kände han sig så trött att han inte orkade tänka över situationen alls. Magdalena verkade inte reagera. Hon gick bara och satte sig på stolen på motsatta sidan bordet och satt där tyst och väntade på att han skulle säga något. De satt där tysta en bra stund, båda två, innan John började prata.

Han berättade allt om hur han hade sett annonsen på stugan. Hur han hade bestämt sig för att han måste få en förändring i sitt liv. Sedan berättade han om drömmarna och tillslut om den otäcka helgen med sönerna och barnbarnen. Magdalena satt bara tyst och lyssnade på honom. Ungefär mitt i berättelsen fick John en våldsam hostattack och då gick Magdalena och hämtade ett stort glas ur köksskåpet och fyllde det med vatten innan hon gav det till John för att dricka. Han gav henne ett kort tack och fortsatte sin berättelse. När han var färdig satt de båda tysta och bara tittade på varandra. Efter ett tag sträckte Magdalena sina händer över bordet. John lade sina egna händer över hennes. Magdalena harklade sig och började berätta sin historia.

Hennes berättelse började för ungefär tio år sedan. Hennes karriär gick lysande. Hon var inte bara den mest anlitade mäklaren på Öland utan hade fått respekt och beröm från flera kollegor i hela Småland. Hon var förlovad med en man som hette Erik. Med ett nästan generat leende sa hon att hon inte kunde minnas mycket mer om honom än hans namn. Men de var i alla fall förlovade och skulle gifta sig med varandra inom en kort tid. Allt såg ljust ut för henne. Men plötsligt kom en krypande känsla av obehag till henne. Det kändes som om hon var i fara. Först försökte hon bortförklara känslan med att hon var utarbetad och spänd inför bröllopet. Men känslan blev allt starkare. Först var det Erik som hon kände att hon var rädd för. Men sedan blev hon också rädd för allt fler av sina arbetskamrater. Till slut vågade hon knappt gå utanför dörren inför rädslan att något fruktansvärt skulle kunna hända henne. Nu kom ett par månader då hon knappt kunde minnas något. Det tog slut med Erik. Så här i efterhand tyckte hon att det var konstigt att hon inte kände någon bitterhet utan bara lättnad då han gav sig av. Det enda hon kunde minnas vara att hon inte kunde förstå hur hon skulle kunna fortsätta leva med den fruktansvärda övertygelsen att hon var i fara. En dag då hon ändå hade vågat sig ut för att handla mat, mötte hon en kvinna som förändrade hennes tillvaro till det bättre.

Nu tystnade hon och rynkade sin panna innan hon fortsatte sin berättelse. Hon visste inte vad den märkliga kvinnan, som nu betydde så mycket för henne, hette. Hon tänkte bara på henne som Den Tjocka Damen. Kvinnan hade stått utanför grinden till Magdalenas hus. I vanliga fall skulle detta ha gjort Magdalena livrädd men av någon anledning kände hon något som bara kunde beskrivas som att trygghet strålade ut från kvinnan. Utan att tveka gick Magdalena fram till kvinnan och bjöd in henne. När de väl var inne hade kvinnan förklarat för Magdalena den fruktansvärda sanningen. Det är inte de obeskrivliga utbrotten av våld och grymhet som människor kan göra sig skyldiga till utan det är godheten som är något abnormt. Att vi alla egentligen är monster utan att vi vet om det.

För bara några månader sedan hade Magdalena naturligtvis trott att den andra kvinnan hade varit galen. Men nu, hur skulle hon annars kunna förklara känslan, nej övertygelsen att hon ständig var hotad av andra människor.

"Är det bara vi två som vet om det här?" hade hon sagt till Den Tjocka Damen.

Kvinnan hade gett henne ett sorgset leende och stack fram handen och strök bort ett par lockar ur Magdalenas ansikte.

"Nej, det finns flera av oss" sa hon.

"Men jag tror att du är en av de viktigaste bland oss. Att du har ett viktigt uppdrag".

Hon berättade för Magdalena om martyrerna, de fåtal som kände till saken och ändå orkade göra. Hon berättade om den första svenska martyren, Joakim Nielsen. Då detta namn nämndes ryckte John till då han kom ihåg vad han sett på nyheterna och vad han hade läst i tidningen. Enligt nyheterna hade Joakim Nielsen gått in på en bar i Borgholm och sprängt sig själv och nio andra människor till döds. Det hade setts som ett fullkomligt oförklarligt vansinnesdåd. En av de där ohyggliga handlingarna som ingen kunde förklara. Det var strax efter denna händelse som den tjocka kvinnan berättade vad Magdalena var utsedd till att göra. Det kanske inte lät så märkvärdigt. Det var nästan löjligt hur väl uppdraget passade Magdalena. Hon skulle helt enkelt se till att det blev hon som blev den som skulle ta hand om försäljningen av Nielsens gamla hem, hans stuga på Öland där han hade bott den sista tiden. Att få ta hand om uppdraget med dödsboet var inte så svårt på grund av hennes goda ryckte och alla goda kontakter hon hade. Hon hade naturligtvis varit sjukskriven under de senaste månaderna men hennes arbetsgivare var överlycklig att få henne tillbaka. Hon hade hållit stugan borta från marknaden fram tills hon kände att tillfället var det rätta. Hon kunde inte förklara varför, men hon hade blivit allt mer känslostyrd och visste när det var rätt tillfälle att lägga ut annonsen på stugan.

Visst kände hon samma rädsla som förut, men nu hade hon fått ett uppdrag och en mening. Varje gång hennes fruktan blev så stor att hon bara ville släppa allting och skrikandes springa hem och gömma sig, tänkte hon på uppdraget och så blev det lättare. Det hjälpte också att en kort tid efteråt kom Den Tjocka Damen hem till henne och överlämnade en present som först kanske inte verkade något märkvärdig. Det var en tavla föreställande ett öga inuti ett kugghjul. När hon berättade detta ryckte John till. Han kom att tänka på hur solen hade sett ut i hans dröm, som ett öga med en taggig ram runtomkring. Han svalde hårt och frågade med darrande röst.

"Vad betyder det?"

"Så du har också sett det?" frågade Magdalena.

Hon kunde knappt hålla rösten stadig på grund av den lycka hon kände. Hon hade hela tiden känt på sig att John hade varit den som hon hade väntat på. Nu blev hon helt säker. Hon kramade Johns händer så hårt att det nästan gjorde ont. Sedan började hon prata så fort att talet nästan blev sluddrigt.

"Det är hennes öga. Hon som väcker oss från vår sömn och låter oss se världen som den verkligen är."

Hon tystnade och såg John rakt in i ögonen och blinkade knappt någon gång. Han vände inte bort blicken men hans tankar rusade i hans huvud. Om han hade hört hennes berättelse bara några få veckor tidigare hade han trott att hon var helt galen. Men efter alla drömmar och då barnen var på besök kändes det rätt på något sätt. Han kunde inte riktigt förklara det för sig själv men det kändes logiskt. Tveksamheten och oviljan att fatta några beslut, var det bara en personlig svaghet eller låg det något djupare bakom det? Var det inte bara ett förstadie till hans uppvaknande? Att han alltid hade haft en känslighet för att se sanningen. Han kände hur tårar började bildas i ögonen. Hans bet ihop käkarna så hårt att det började värka. Vad skulle han göra nu? Hade han verkligen något val? Jo, visst hade han det. Han kunde låtsas som allt som hade hänt bara var dumheter och att det bara var hans överspända nerver och fantasi som spelade honom ett spratt. Eller så kunde han göra något åt det. Magdalena hade ju kallat honom för utvald. En martyr som skulle göra något stort för hela landet, kanske något som skulle lämna avtryck på historien under de kommande århundradena. Men vad skulle detta något vara? Innerst inne visste han svaret. Joakim skulle berätta det i en dröm. Joakim Nielsen den första svenska martyren. John skrattade för sig själv då han tänkte på att han hade köpt stugan som en tillflyktsort. En plats där han kunde komma bort ifrån de gamla minnena. En plats där han kunde starta om på nytt. Visst hade det blivit en nystart, men inte alls som han hade tänkt sig eller velat. Det var väl inte ens stugan som var den riktiga tillflyktsorten. Det var drömmarna, skogen och sjön. Så tänkte han medan han och Magdalena höll varandras händer och det enda ljud som hördes var ljudet från köksklockan.

HALLÅ ÄR DET NÅGON DÄR?

I den här sista berättelsen kommer vi att lämna Öland och ge oss av till Norrlands inland och berätta historien om två män Erik ock Konrad som kom att fatta ett ödestiget beslut som kom att förändra deras liv. När vi möter dem står de på trappan till ett gammalt övergivet hus och låt oss se vad som händer när de beslutar sig för att öppna dörren och gå in.

Erik och Konrad stod på trappan utanför det gamla huset. De tittade på varandra och de försökte båda att inte visa att de var nervösa. Men i själva verket hade båda börjat tvivla på att det som för bara två minuter sedan kändes som en bra idé, verkligen var det. Nu hoppades båda på att den andre skulle säga något som skulle få dem att strunta i det gamla ödehuset och istället gå tillbaka till tältet.

Till slut suckade Konrad och sträckte fram handen mot dörrvredet. Han öppnade munnen för att säga att det ändå var låst och att de skulle gå tillbaka, men när han drog ned dörrvredet gled dörren upp. Av förvåning släppte han dörrhandtaget och hoppade bakåt med ett litet tjut. Erik skrattade nervöst men slutade snabbt då han såg den grimas som vännen gav honom. Nu när dörren var öppen kändes det med en gång inte så svårt att gå in i huset. Konrad som hade öppnat dörren gick först in. Erik kom något steg efter honom. När de hade kommit några steg in i huset, stannade Konrad så plötsligt att Erik nästan gick in i honom.

"Vad gör du för något?" sa Erik med upprörd röst.

"Det är för tusan så mörkt att man inte ser handen framför sig!" svarade den andra mannen med irriterad röst.

De började båda att känna i fickorna efter sina ficklampor. De båda hoppades på att de hade med sig ficklamporna lika mycket som de hoppades på att de skulle ha glömt dem. De visste båda att om de gick tillbaka till campingplatsen skulle de inte komma tillbaka till huset. Det var inte så att någon av de båda männen var speciellt lättskrämd. De tyckte båda att skräckfilm och spökhistorier var larviga. Men berättelserna om det gamla ödehuset i skogen var så spridda i trakten att de var praktiskt taget omöjligt att inte ha hört åtminstone ett par av dem. Som barn hade både Erik och Konrad skrämt upp sina småsyskon och mer fantasifulla kompisar med de mera bloddrypande berättelserna om huset.

Efter att ha letat en stund i sina fickor hittade Erik en ficklampa. Med en triumferande vissling tände han den och började vifta runt med lampan för att se hur det såg ut i huset. Vad de än hade väntat sig blev de båda förvånade. Visst fanns det damm på golvet. Visst hade tapeterna börjat flagna och låg i stora sjok på golvet. Men annars var det förvånansvärt rent. Ingen spindelväv i taket eller på dörrkarmar. Dammet på golvet var inte alls så tjockt som man skulle kunna tro att det skulle vara i ett hus som hade stått öde i nästan fyrtio år.

"Någon måste ha varit här och städat." fnittrade Konrad nervöst. Erik fnös irriterat.

"Det måste naturligtvis ha varit några ungar som har varit här för att dricka folköl och röka cigaretter som storasyskonen har köpt ut till dem"

Nu fanns det ju inget spår av det men om de gick in i något av de övergivna rummen skulle det säkert ligga högvis med tomburkar och fimpar där.

Huset hade byggts i slutet av fyrtiotalet av en man vid namn Simon Hedin som hade lyckats göra sig själv och sin familj finansiellt oberoende genom att få ett kontrakt med den nya tyska regeringen som kom efter det andra världskriget. Hans byggfirma hade hjälpt till att bygga upp det sargade landet efter de allierades bombningar. Som en förmögen man hade han tänkt dra sig tillbaka från affärerna till en fridfull tillvaro på den svenska landsbygden. Men så hade inte blivit fallet. Rykten om huset började cirkulera innan det hade blivit färdigbyggt. Det var nämligen så att ingen hade sett några lastbilar med byggmaterial och ingen i trakten hade blivit anlitad för att hjälpa till med bygget. Ingen hade heller sett till några främlingar som kunde ha hjälpt till med att bygga huset. En dag stod det bara där. En märklig trevånings koloss byggd i flera olika arkitektoniska stilar. Folk i trakten, även de som inte var särskilt kyrksamma, började viska om att Hedin hade fått hjälp av mörka makter att bygga sitt hus. Bara ett par månader efter att huset var klart började olyckorna att hända. Män som gick ut i skogen för att jaga klagade på att villebrådet verkade ha försvunnit. Älg och rådjur som tidigare hade varit relativt vanliga i trakten verkade bara ha försvunnit och i stället fanns märkliga spår av djur som ingen människa vid sina sinnens fulla bruk skulle vilja möta i verkliga livet. I samband med detta började även boskap att försvinna från traktens bondgårdar. Även om allt detta verkade märkligt fanns det fortfarande folk som skrattade åt detta som olyckor med djur som hade gått ned sig i kärr eller helt enkelt hade sprungit bort eller var påhitt av överspända eller inte helt nyktra sinnen. Snart började också människor att försvinna. Kvinnor som var ute för att plocka svamp eller bär. Män som var ute för att samla ved eller rensa skogsstigarna för promenader. De skeptiska rösterna blev allt färre och bara något år efter husets uppförande hade de helt tystnat och förbytts i misstänksamhet och i en del fall i ren fientlighet mot Hedin och hans familj. Detta skulle kanske ha undvikits om familjen hade deltagit i bygemenskapen eller ha gjort sig vän med någon av de respekterade och inflytelserika personerna i trakten. Men detta hade de inte ens försökt med. Traktens folk hade bara sett bilen åka fram och tillbaka ifrån huset. I övrigt hade Hedinarna inte gjort något väsen av sig. Droppen som fick bägaren att rinna över var när kyrkoherdens 12-åriga son försvann. Det skulle senare visa sig att pojken bara hade gått vilse i skogen för att dyka upp morgon därpå, skrämd och nedkyld men annars helt oskadd. Vid det här laget var stämningen så uppjagad att så fort de fick reda på att pojken hade försvunnit bestämde sig ett tiotal av byamännen att gå upp till villan och ställa Hedin till svars.

Vad de hittade då de kom upp till huset finns det flera olika versioner av. De flesta var så otroliga och överdrivna att ingen tog dem på allvar. De flesta av berättelserna handlar om hur de upprettade männen hittade hela familjen mer eller mindre brutalt mördade. Ingen polisanmälan blev någonsin gjord. Alternativet, att familjen hade försvunnit i bara tomma intet verkade lika otroligt. Faktum var att ingen någonsin varken hörde något ifrån Hedin eller såg deras bil köra igenom byn. För att ingen gjorde något anspråk på huset blev det bara stående. De vilda historierna om huset avskräckte den bofasta befolkningen att ens gå i närheten av huset och ingen förutom några småbarn erkände att de var rädda för den gamla Hedinvillan.

Anledningen till att Konrad och Erik över huvud taget var ute och campade var mycket av ren nyfikenhet. De hade hört så många historier om skogen och huset under sin uppväxt och de hade pratat så ofta om att de skulle hitta på något tillsammans som de brukade göra då de var unga, innan de båda blev stadgade familjefäder. Det kändes som camping var något självklart då båda var gräsänklingar över en

45

helg. Till en början hade allt gått precis som de hade tänkt sig. Den gamla äventyrslusten och kamratskapet kom tillbaka på nästan en gång. De berättade samma gamla dåliga vitsar och berättade samma gamla uttjatade anekdoter för varandra som de hade gjort då de var unga. När de kom fram till huset och hade satt upp tältet och ätit ett par av sina medhavda mackor hade stämningen med ens förändrats. Som sagt trodde ingen av dem på någon av historierna om det gamla huset men ändå hade huset den obehagliga stämning som alla gamla övergivna hus har. Känslan av att något inte är rätt till med den plats som borde vara full av folk och ljud och ljus. Husets storlek gjorde det extra olycksbådande. Faktumet att det inte såg ut som ett hus som hade varit övergivet under så lång tid bidrog också till den obehagliga stämningen. Visst hade färgen börjat blekna och falla av väggarna men inget av fönstren var trasigt. Det såg bara ut som ett dåligt skött hus som kanske hade stått öde under ett år. Det var något med det motsägelsefulla intrycket som huset ingav som gjorde Erik och Konrad irriterade medan de gick runt i de olika rummen i undervåningen. Speciellt som det inte fanns några som helst tecken på att någon annan än de skulle ha varit inne i huset. Inget skräp eller klotter på golv eller väggar.

Erik stod en stund och lyste uppför trappan till övervåningen. Efter en kort blick på Konrad beslöt de sig för att inte pröva sin lycka att gå uppför den gamla skraltiga trappan. I stället bestämde de sig för att gå tillbaka till tältet. Nu hade de ju gjort det som de kommit hit för att göra. Precis när Erik vände sig om för att gå tillbaka till ytterdörren, hördes det ett högt brak från övervåningen. Konrad skrek till högt av det plötsliga ljudet och Erik viftade vilt omkring sig med ficklampan. De stod tysta i flera minuter och väntade om det skulle komma några fler ljud. Till slut blev spänningen för stor för Konrad och han ropade med hög röst:

"Hallå! Är det någon där?" och fnittrade nervöst.

Erik skakade irriterat på huvudet utan att säga något innan han med bestämda steg började gå mot dörren.

Efter att de båda männen hade lämnat huset var det lika tyst där inne som när de kom. Det var ingen som hörde ljuden från övervåningen. Det lät som ett flertal små fötter snabbt sprang mot trappan till nedervåningen och under tiden ropade med ett perfekt eko av Konrads röst:

"Hallå! Är det någon där?"

När de kommit tillbaka till sitt tält ville de båda egentligen bara ge sig av hemåt, men ingen av dem ville erkänna det för den andre. Dessutom hade det blivit så sent att det skulle bli svårt att hitta tillbaka till bilarna. Speciellt som de bara hade Eriks lilla ficklampa som ljuskälla. I stället tog de och samlade ihop grenar och tände en eld på marken. De hade tidigare gjort en improviserad eldstad av stenar. De satt där en lång stund och så småningom kunde de nästan se det komiska i det som hade hänt. Två vuxna män som hade blivit skrämda av – Vadå? Ett öde hus? Som inte ens hade varit så kusligt. De berättade historier från ungdomen och studietiden. Till slut blev de båda trötta och gick in i tältet där de somnade nästan på en gång.

När det nästan började bli gryning smög sig något fram emot tältet. Det hade varit ensamt så länge. Ända sedan den gamla villan hade blivit övergiven hade den varit alldeles ensam. Men nu hade några andra kommit dit. Den visste inte vad den skulle göra. Den stod en lång stund och bara tittade på tältet och längtade efter sällskap. Men till slut vände den sig om och försvann in i skogen.

Erik vaknade först och kröp ut ur tältet. Bara ett ögonblick senare väcktes Konrad av ett högt skrik. Panikslagen kastade han sig ur tältet för att se vad som hade hänt med vännen. Erik stod bara och tittade ned på marken som hade blivit helt uppluckrad som om någon hade kört ned små vassa pinnar i den flera dussin gånger. Konrad blev stående på alla fyra i flera minuter. Men sedan bröts förlamningen hos de båda männen nästan exakt samtidigt. Med oroliga blickar mot skogen och Hedins gamla hus började de snabbt plocka ihop sitt tält. Anledningen till att de inte struntade i det och bara sprang det fortaste de kunde tillbaka till den plats där de hade parkerat var att de ändå hade en kvardröjande känsla av stolthet. Packningen blev väldigt slarvig och tog betydligt mer plats än vad den hade gjort på ditvägen.

De nästan sprang hela vägen tillbaka till sina bilar. De hade tur att ingen snubblade och gjorde sig illa. Speciellt som att de hela tiden på vägen tillbaka försökte hålla uppsikt om det som hade gjort märkena skulle komma tillbaka.

De båda männen blev sig aldrig lika igen. Bara något år efter campingutflykten flyttade Konrad med hela sin familj ifrån byn. Med den enda förklaringen att de kände sig otrygga och att de kände sig iakttagna var de än gick. Bara ett par månader efteråt flyttade Erik. Men hans fru och barn stannade kvar i byn. Även om de båda vännerna hade gett sig av från byn så levde de kvar i folks minne. Ganska snabbt blev deras berättelse införlivad med de gamla berättelserna om Hedinvillan och skogen. Speciellt som att folk påstod att de hade börjat kunna se konstiga spår och att djurlivet igen verkade försvinna. En del människor påstod sig även att ha hört Konrad gå och ropa i skogen flera år efter det att han hade flyttat. Det var hela tiden samma sak de hade hört.

"Hallå, Är det någon där?"

Ja, monster och spöken i all ära, men det som verkligen skrämmer oss är de gånger som vi ställs inför något som vi inte kan förklara, något som nästan är som det vi är vana vid men där något har lagts till eller dragits ifrån. Då ställs vi inför den nästan omöjliga frågan: Vågar vi ta steget till den andra sidan och möta vad som finns där? Jag lämnar dig, min okända läsare, med frågan:
Vågar du?

EFTERORD OCH TACK

Det finns så många som förtjänar ett tack!
För att det inte ska bli en ändlös lista med namn har jag beslutat att bara nämna de närmast involverade.
Efter det skriva lite om vad som har inspirerat mig i mitt författande.

Först och främst ett stort tack till min pappa Kjell för att han har stått ut med mig under skrivandet och för att han har skrivit ned allt du nu läser.

Jag vill också tacka min mamma Gunnel, min bror Jonas och Britt-Marie Bjerver för all korrekturläsning.

Sist vill jag tacka Anne-Marie Kassell för hennes support och att hon trodde på mig i mitt skrivande. Hon har funnits där ända sedan de tidiga skolåren och uppmuntrat mitt fantiserande. Hon var också den som jag dikterade mina allra första berättelser för.

Nu kommer jag till de författare som kommit före mig och inspirerat mig i mitt eget författarskap.
Om du har läst skräck så kommer det säkert inte att förvåna dig att de två stora inspirationskällorna är Edgar Allan Poe och H.P. Lovecraft.

Jag har också blivit inspirerad av TV-serier som "The Twilight zone" och "Tales from the Crypt".

Allra sist vill jag nämna all den svenska skräcklitteratur som har kommit ut under de senaste tio åren. När jag började skriva skräck, ungefär år 2010 – 2011, började enligt min mening den svenska skräckens guldålder, med författare som John Ajvide Lindkvist och Anders Fager.
För att inte bli för långrandig vill jag bara avsluta med att tacka alla mina inspirationskällor, levande såväl som döda, och naturligtvis dig som har tagit dig tid att läsa min bok.